Konrad, Krax und die telepathischen Tauben

Salah Naoura

Konrad, Krax und die telepathischen Tauben

Mit Bildern von Regina Kehn

TULIPAN VERLAG

Für Niklas und Maurice

Inhalt

Im Reptilienhaus des Zoos war es so voll wie schon lange nicht mehr. Seit zwei Tagen hatte das Krokodilgehege einen neuen Mitbewohner aus Amerika, einen kleinen pechschwarzen Alligator namens Kurt. Auf der Titelseite des »Stadtanzeigers« war sofort ein Starfoto von Kurt erschienen, das ihn mit einem Schlag berühmt machte. Und nun wollten alle Leute miterleben, wie Kurt von seinem Tierpfleger Hartmut gefüttert wurde.

Konrad blickte auf die Uhr. Bis zur Kurt-Fütterung blieben ihnen noch zehn Minuten. Er überlegte, ob sie erst noch einen Blick auf die Pythonschlangen werfen konnten oder doch besser schon ins Krokodilhaus gingen …

Arabella stand ein paar Schritte von ihm entfernt. Sie betrachtete eine grüne Giftschlange und versuchte dabei die schicke Schlangenleder-Handtasche, die an ihrem Arm baumelte, unauffällig unter ihrem breiten Seidenschal zu verstecken. Es war kein echtes Schlangenleder, aber die Tasche war ihr trotzdem peinlich.

Krax, der Rabe, der auf ihrer Schulter hockte, begann unruhig auf und ab zu hüpfen, und Konrad sah, wie sich seine Nackenfedern kerzengerade aufstellten.

»Also, ich weiß nicht«, sagte Arabella. »Ich glaube, Schlangen und

Krokodile sind nichts für Krax und mich. Schau du dir doch Kurt an, und wir beide gehen schon mal kurz ins Vogelhaus. Dann holen wir dich in einer halben Stunde wieder hier ab … Und kauf dir ein Eis!« Sie kramte kurz in ihrer Tasche und drückte ihm ein paar Münzen in die Hand.

»Okay«, sagte Konrad.

Arabella lächelte ihn dankbar an und strich ihm übers Haar, dann verschwand sie mit Krax in der Menge.

Das Krokodilhaus war ein überdachter Innenhof, den man durch eine große Glastür betrat. Und ganz in der Nähe der Tür stand rechts von den Klapperschlangen ein kleiner Eiswagen.

Konrad schlenderte hinüber und kaufte sich einen Schokobomber de luxe, das war seine Lieblingssorte.

Gerade hasteten eine Frau und ein Mädchen an ihm vorbei. Das Mädchen trug einen scheußlichen rosafarbenen Rucksack, mit einem Ponykopf darauf.

»Ich will ein Eis!«, rief es.

»Jetzt nicht, Gesine«, keuchte die Mutter.

»Ich WILL aber!«

Die Frau nahm ihre Tochter an die Hand und zog sie weiter Richtung Glastür.

Konrad beschloss, doch noch kurz zu den Pythons hinüberzugehen. Er erinnerte sich an einen Zeichentrickfilm, in dem eine Pythonschlange einen Jungen hypnotisierte. Die Pupillen ihrer Augen hatten sich gedreht wie zwei Windräder, und während er in diese seltsamen Drehaugen blickte, war der Junge langsam eingeschlafen. Hinterher hatte er im Schlaf alles getan, was die Schlange wollte.

Beim Auswickeln des Schokobombers zerriss ärgerlicherweise das

Papier. Konrad fluchte, denn ein paar einzelne kleine Papierfetzen blieben am Eis kleben. Er pulte sie der Reihe nach ab, und als er gerade fertig war und hineinbeißen wollte, zupfte ihn jemand von hinten am Ärmel.

»Krieg ich deinen Schokobomber?«, fragte eine helle Stimme.

Konrad drehte sich um und blickte in die Augen des Mädchens mit dem Ponyrucksack.

»Wieso denn?« Er lachte.

»Einfach so, weil du mich nett findest.«

Konrads erster Gedanke war, dass das fremde Mädchen einfach nur ein bisschen frech war. Und dass ihr Blick etwas Stechendes hatte, so durchdringend wie die Röntgenaugen von Superman. Aber dann dachte er, dass das eigentlich gar nicht stimmte und dass sie im Gegenteil sehr schöne Augen hatte – graublau und ungewöhnlich hell und strahlend. Und die Unbekannte wirkte tatsächlich sehr nett, ausgesprochen nett sogar, und warum sollte man einem fremden Mädchen eigentlich kein Eis spendieren, wenn es so nett war wie dieses hier und außerdem so höflich fragte …

Er spürte, wie ihm winzige Schweißperlen auf die Stirn traten. Und er sah, wie seine rechte Hand, die den Schokobomber hielt, ein klein wenig zuckte. Sein Kopf und sein Körper schienen plötzlich nicht mehr das zu tun, was er wollte. Es war ein ganz seltsames Gefühl.

Das Mädchen blickte nun sehr traurig, und Konrads rechte Hand zuckte stärker und begann sich mitsamt dem Eis Zentimeter für Zentimeter von ihm wegzubewegen – wie die leblose Hand einer Marionette, an der ein unsichtbarer Faden zog. Konrad nahm seinen ganzen Willen zusammen und holte die Hand zurück.

»Nein. Das ist mein Eis. Kauf dir selber eins!«

Das Mädchen presste die Lippen aufeinander und funkelte ihn einen Moment lang wütend an. Dann drehte es sich um und verschwand in der Menge.

Konrad begann sein Eis zu essen, aber es schmeckte ihm plötzlich nicht mehr, weil er bei jedem Bissen an die traurigen Augen des Mädchens denken musste.

Als er zu dem großen Glaskasten kam, in dem normalerweise die Pythonschlangen hausten, hing dort ein großer Zettel mit der handgeschriebenen Botschaft *Wir sind leider nicht zu Hause, unser Käfig wird gereinigt!*, als hätten die Schlangen vor ihrer Abreise noch schnell zum Stift gegriffen und eine Nachricht an ihre Fans verfasst.

Konrad warf die untere Hälfte des Schokobombers in den nächsten Mülleimer und lief zurück zum Krokodilhaus.

Warme, stickige Luft schlug ihm entgegen, als er die Glastür öffnete. Drinnen gelangte man auf eine breite Brücke, von der die Zuschauer die Krokodile aus sicherer Entfernung betrachten konnten.

Es war schon sehr voll, aber Konrad schaffte es, sich zwischen den Erwachsenen nach vorn zu drängen, bis er direkt am Geländer stand und nach unten schauen konnte.

Abgesehen von einem falschen Krokodil aus hellem Sandstein war das Gehege leer – offenbar waren die Krokodile ebenfalls nicht zu Hause, wie die Pythonschlangen.

PYTHON
Wir sind leider nicht zu Hause, unser Käfig wird . . . gereinigt!

Das Steinkrokodil lag in der Mitte, und Konrad fragte sich, wie die echten Krokodile wohl reagierten, wenn sie es sahen. Und wo war Kurt?

Im selben Moment ertönte Musik aus den Lautsprechern, die an zwei Palmen aufgehängt waren, und eine samtweiche Frauenstimme sang: »Das süßeste Tier seit seiner Geburt … ist unser süßer kleiner Kurt!«

Als Nächstes kam die Ansage einer Männerstimme:

»Verehrtes Publikum! Herzlich willkommen zur Kurt-Show! Bitte beachten Sie, dass das Fotografieren nur ohne Blitz gestattet ist! Und hier kommt auch schon«, die Stimme des Ansagers wurde lauter, »Ihr Kroko-Moderator Herr Schönlein!«

Auf einer Art Balkon erschien zwischen zwei Kaktuspflanzen ein schicker, glatt rasierter Herr in einem glänzenden silberfarbenen Anzug. Konrad stellte verwundert fest, dass auf seinen Schultern kleine Lichter blinkten: erst rot, dann blau, dann grün, dann gelb.

»Meine Damen und Herren, liebe Kinder. Wir begrüßen … Kurt!«, rief der schicke Herr Schönlein in sein Mikrofon und zeigte nach unten.

Die Zuschauer reckten gespannt die Köpfe.

Vom höchsten Punkt der Glaskuppel senkte sich langsam ein dünnes Metallrohr herab, das länger und länger wurde. Einen Meter über dem weißen Sandsteinkrokodil hielt es an, und Konrad sah, dass auf dem unteren Ende des Rohrs ein trichterförmiges Ding mit Löchern steckte, wie bei einer Gießkanne.

Im nächsten Moment rauschte aus der langen Rohrdusche ein Wasserstrahl auf das Sandsteinkrokodil herab und erweckte es zum

Leben! Es bestand gar nicht aus Sandstein, sondern sein ganzer Körper war mit feinem weißen Staub bedeckt gewesen. Sein Maul öffnete sich, und innerhalb von ein paar Sekunden wechselte seine Haut von hell nach dunkel und glänzte nun wie eine frisch polierte schwarze Luxuslimousine aus der Autowaschanlage.

»Aaaaah!«, riefen die Zuschauer begeistert.

»Ist er nicht wunderbar?«, rief Herr Schönlein. »Er ist so jung, so ausgelassen, so verspielt, so fidel …«

Kurt hob eine Kralle.

Applaus war zu hören. Kameras wurden in die Höhe gehalten. Konrad ärgerte sich, dass Arabella nicht da war, denn sie hatte immerhin ihren alten Fotoapparat dabei.

»Er ist blöd!«, brüllte plötzlich eine helle Stimme. »Blöd und langweilig!«

Die Stimme kam ihm unangenehm bekannt vor, und als er sich ein wenig über die Brüstung beugte und nach links blickte, erkannte er das fremde Mädchen mit den Röntgenaugen.

»Gesine, bitte!«, zischte die Mutter.

Eine Sekunde lang herrschte Totenstille. Dann begannen die Leute auf der Krokodilbrücke plötzlich zu pfeifen und zu buhen.

»Recht hat sie!«, brüllte ein hagerer alter Mann.

»Aber verehrtes Publikum …«, rief Herr Schönlein.

Der hagere Alte zog ein Papiertaschentuch aus seiner Manteltasche, knüllte es zusammen und warf es nach Herrn Schönlein.

»Also, werter Herr …«

Ein ohrenbetäubendes Pfeifkonzert hob an, so laut und schrill, dass die verzweifelte Mikrofonstimme des Moderators nur noch wie ein Flüstern klang. Noch mehr zerknüllte Taschentücher prasselten auf Herrn Schönlein ein, der sich erschrocken duckte. Eine der beiden Glastüren wurde aufgerissen, und herein stürmten drei Zoowärter, die die Leute zu beruhigen versuchten.

Aber es wurde immer schlimmer. Konrad spürte, wie die wogende Menge ihn bald nach links und bald nach rechts riss. Ihm war, als würde er in einer engen Tonne sitzen und auf dem Meer treiben. Aus dem Augenwinkel heraus sah er, wie Kurt sein Maul zuklappte, blitzschnell ins Wasser flüchtete und so tief wie möglich untertauchte.

»Blöd!«, rief die Stimme des Mädchens zum zweiten Mal, und das Pfeifkonzert schwoll zu einem heulenden Orkan an. Die Menschen drängten schreiend zu den Ausgängen, und Sekunden später zersprang auf der anderen Seite der Krokodilbrücke krachend und klirrend eine Glastür …

Der Teleskopkescher

An einem Sonntagvormittag im Juni lag Konrad in Arabellas alter Badewanne mit den geschwungenen Messingfüßen und blätterte in einem Vogelbuch, das er sich aus der Bücherei geliehen hatte. Er liebte es, beim Baden zu lesen. Man musste nur höllisch aufpassen, dass einem das Buch nicht aus der Hand fiel. Das war ihm mit dem großen Lexikon der Fische nämlich passiert. Damals hatte Konrad der Frau in der Bücherei erklärt, dass die Fische in dem Buch anscheinend gern ins Wasser wollten, aber da war die Bibliothekarin ziemlich ärgerlich geworden und hatte gesagt, seine blöden Sprüche könne er sich sparen, und wenn so etwas noch mal vorkäme, müsse er das Buch bezahlen.

Das Badezimmer befand sich im zweiten Stock, gegenüber von Arabellas Werkstatt, und war wie alle Räume in dem alten Fachwerkhaus quadratisch, klein und ziemlich voll. Meistens empfand Arabella es als große Ehre, dass sie und Konrad das älteste Haus der Stadt bewohnten. Manchmal fluchte sie deswegen aber auch, vor allem, weil es leider nur eine einzige Toilette gab. Wenn Arabella unten in ihrem Kräuterladen mal aufs Klo wollte, musste sie zuerst den Laden absperren. Dann stieg sie ächzend die steile Holztreppe in den ersten Stock

NOA

hinauf und lief am Wohnzimmer und an der Küche vorbei. Und dann stieg sie keuchend die nächste steile Holztreppe hinauf und stand endlich vor der Tür zum Bad.

Der Schlüssel für diese Tür war irgendwann verloren gegangen. Arabella hatte ihn vor vielen Jahren an eine ganz bestimmte Stelle gelegt und ihn danach nie wiedergefunden. Deswegen klebte Konrad, wenn er baden wollte, immer sein selbst gemaltes *Bitte nicht stören*-Schild mit den drei Ausrufezeichen außen an die Tür. Und außerdem sagte er Arabella früh genug Bescheid, denn sonst konnte es passieren, dass sie plötzlich an die Tür hämmerte und dringend hineinwollte.

Konrad lag gemütlich im lauwarmen Badewasser und las gerade das Kapitel über Rabenvögel. Um ihn herum knisterten weiße Schaumberge, die angeblich nach Wald dufteten (das stand jedenfalls auf der Flasche), und durch das offene Fenster schien die warme Frühsommersonne herein und ließ die blauen und goldenen Minikacheln an der Badezimmerwand aufblitzen. Im ganzen Haus war es wunderbar ruhig, und wenn er das Kinn ein wenig hob und über den Rand des Vogelbuches blickte, sah er etwas weiter hinten Herrn Blubb, Arabellas Karpfen, der mit großen Augen aus seinem Aquarium zu ihm herüberglotzte.

Konrad wollte gerade umblättern und hielt das Buch deswegen kurz nur mit einer Hand, als plötzlich ein Schatten auf die Seiten fiel. Im nächsten Moment fegte etwas Schwarzes blitzartig zum offenen Fenster herein und streifte das Vogelbuch, das zwischen Konrads Fingern ein ganzes Stück nach unten rutschte. Wenn er es nicht mit seiner anderen Hand in letzter Sekunde aufgefangen hätte, wären auch die Vögel im Badewasser gelandet!

»Krax! Verdammt!«

Krax, Arabellas Rabe, schlingerte auf das Frisierregal zu, prallte mit dem Kopf gegen den Föhn und riss mit dem linken Flügel den Glitzerstreuer um – das war Arabellas wichtigstes Hilfsmittel zur Haarverschönerung. Wenn sie morgens vor dem Spiegel stand und sich eilig die roten Locken hochsteckte, griff sie zum Schluss noch schnell zum Glitzerstreuer und vollendete ihre Frisur mit ein paar funkelnden Sternen.

Der Streuer kippte um, rollte über den Regalrand und landete scheppernd auf den Fliesen. Konrad sah, wie der Deckel absprang und eine Wolke aus buntem Glimmer über den Boden stäubte.

»Tollpatsch! Wieso hast du deine Brille denn nicht auf?«

Der Rabe senkte schuldbewusst den Kopf. Seit ein paar Wochen wurden seine Flugmanöver immer chaotischer. Deswegen waren sie mit ihm schließlich zum Optiker gegangen, der ihnen mitteilte, dass Krax kurzsichtig sei und beim Fliegen alles ein bisschen verschwommen sah – wahrscheinlich schon seit eh und je, aber in letzter Zeit war es wohl schlimmer geworden. Der findige Optiker hatte dem Raben schließlich eine kleine Fliegerbrille gebastelt, die so ähnlich aussah wie Konrads Schwimmbrille: mit dicken schalenförmigen Gläsern, die über die Augen gestülpt wurden, und einem Gummizug für den Hinterkopf, damit Krax sie nicht verlor. Das Problem war nur, dass er meistens vergaß, sich die Fliegerbrille aufsetzen zu lassen, bevor er startete.

Krax landete flatternd neben Konrads Kopf und lugte neugierig in das Vogelbuch.

»Krah, kräh, kräh?«, fragte er, was bedeutete, dass er Sprechen üben wollte.

»Oh, Krax«, stöhnte Konrad. »Nicht jetzt. Lies es doch selbst! Ich leih es dir, versprochen.«

Arabella, die sich ab und zu im Brauen von magischen Kräutertränken versuchte, war im vergangenen Sommer ein geniales Sprachwundermittel gelungen, von dem Krax getrunken hatte. Leider wirkte der Trank bei Vögeln nicht so gut wie bei Menschen, das Sprechen fiel ihm nach wie vor sehr schwer. Aber immerhin konnte er seither ganz ausgezeichnet lesen und las nun jeden Abend vor dem Einschlafen ein Kapi-

tel aus Arabellas neuem Krimi, einer gruseligen Geschichte mit dem Titel *Die Vogelscheuche*. Das Lesen klappte problemlos ohne Brille, und umblättern konnte Krax mit seinen Krallen ebenfalls schon sehr geschickt.

»Krah, kräh, kräh!«

»Na gut, aber nur einen Satz«, seufzte Konrad und blätterte eine Seite zurück. Dort war das große Foto einer Krähe zu sehen, und Konrad las den Text dazu vor:

»Krähen gehören wie die Raben zur Familie der Rabenvögel. Jetzt du.«

»Krääähn krakören kri kri Kraaaken kru Krakeeelje kräh Kraaakenkrögel«, schnarrte Krax.

»Mja, gar nicht so schlecht«, lobte Konrad. »Und jetzt hol schnell deine Brille, dann helf ich dir, sie aufzusetzen.«

Krax segelte torkelnd zum Fenster hinaus und kam zwei Minuten später mit der Brille im Schnabel wieder zurück. Die Landung auf dem Badewannenrand ging diesmal einigermaßen gut, aber nur, weil er sich alle Mühe gab, in Zeitlupe zu fliegen.

Konrad setzte ihm vorsichtig die Brille auf und prüfte, ob das Gummi auch nicht zu doll drückte. Krax starrte ihn durch die großen Plexiglasgläser fragend an.

»Totaaal schick, echt«, sagte Konrad, obwohl er fand, dass Krax wie eine alte Eule aussah. »Außerdem könntest du damit bestimmt auch tauchen.«

Der Rabe reckte den Hals und tauchte blitzschnell seinen Kopf ins Wasser, um einen Blick unter die knisternden Schaumberge zu werfen.

»He, lass den Quatsch!« Konrad schubste ihn vom Wannenrand. »Los, raus mit dir, ich muss noch lernen!«

Krax war kaum zum Fenster hinaus, da hörte Konrad klappernde Schritte auf der Holztreppe und dazu das vertraute Gebimmel von Arabellas Glöckchenkleid.

Im nächsten Moment klopfte es. »Konrad«, tönte Arabellas gedämpfte Stimme durch die Tür, »darf ich mal kurz stören?«

»Nein!«, rief Konrad. Sein Blick fiel auf die Glitzersterne auf dem Fliesenboden. »Steht doch auf dem Schild!«

»Ich weiß. Ich wollte nur mal fragen, ob du deinen Teleskopkescher noch hast ...«

»Ja, der liegt unterm Bett.«

»Leihst du ihn mir mal?«

»Klar ... Wozu brauchst du ihn?«

»Ach, nur so.« Arabella schwieg einen Moment. »Konrad, bade nicht zu lange, das ist gar nicht gut für die Haut. Wenn die Füße schrumpelig werden, dann ist Schluss, ja?«

Er hörte, wie sie schnaufend die schmale, knarrende Wendeltreppe hinaufstieg, die zu seiner kleinen Dachkammer führte.

Was sie wohl mit dem Kescher wollte? Konrad hatte ihn vor Jahren in einem alten Trödelladen entdeckt und eine Menge Taschengeld dafür ausgegeben. Ganz oben am Griff gab es zwei kleine Knöpfe, einen roten und einen blauen. Wenn man den roten drückte, wurde der Teleskopkescher länger, und wenn man den blauen drückte, wurde er kürzer.

Konrad legte das Vogelbuch hinter sich auf Arabellas Miniwaschmaschine und hob einen Fuß aus dem Wasser, um zu

prüfen, ob die Sohle bereits schrumpelte. Die Haut schlug nur ganz leichte Wellen. Ein bisschen welliger durfte sie schon noch werden. Der Fuß tauchte wieder ab.

Draußen auf der kleinen Straße brummte ein einsames Auto vorbei, und die Vormittagssonne, die hereinschien, wurde immer wärmer.

Er schloss die Augen und dachte, dass es an seinem Leben in letzter Zeit eigentlich nichts auszusetzen gab – mal abgesehen von dem kleinen Problem mit seinen magischen Fähigkeiten ...

Vor einigen Monaten hatte Konrad nämlich festgestellt, dass

er Gegenstände bewegen konnte, wenn er sich einfach nur *vorstellte*, dass sie sich bewegten! »Telekinese« nannte man das, hatte Arabella ihm erklärt.

Anfangs hatte ihm die ganze Geschichte nicht behagt, denn Konrad glaubte nicht an Wunderdinge und fand schwebende Gegenstände eher unheimlich. Bis ihm irgendwann aufgefallen war, wie ungemein bequem so ein telekinetisches Leben sein konnte:

Wenn er morgens fix und fertig angezogen unten im Laden stand und merkte, dass der Schulranzen noch oben in seiner Dachkammer lag, brauchte er nicht etwa die drei Treppen hinaufzusteigen, um ihn zu holen. Es reichte, wenn er nur kurz an den Ranzen dachte, und schon kam er herbeigeflogen. Oder wenn er zu spät losging und die Straßenbahn ihm vor der Nase davonfuhr, stellte er sich einfach vor, dass sie noch einmal anhielt ... und schon machte sie eine quietschende Vollbremsung, und die Tür sprang zischend auf!

Seltsamerweise funktionierten all diese praktischen Tricks nun seit einiger Zeit nicht mehr – Konrad verstand einfach nicht, weshalb! Arabella hatte er noch nichts davon erzählt, weil es ihm zu peinlich war. Sie schwärmte leider für alles, was mit Wundern und Magie zu tun hatte, und war ungeheuer stolz, dass er die schwierige Kunst der Telekinese beherrschte!

Konrad schlug die Augen auf und warf einen Blick auf die Glitzerschnipsel, die verstreut am Boden lagen.

Seine Augen fixierten den umgekippten Glitzerstreuer, und er stellte sich vor, dass all die Schnipsel wieder zurückflogen und der Deckel sich schloss, wie bei einem Film, der rückwärtslief ...

Der Streuer rollte ein kleines Stück, und drei kleine Glitzersterne erhoben sich müde einen halben Meter in die Luft, dann fielen sie kraftlos wieder nach unten.

Konrad zog ärgerlich den Stöpsel, kletterte aus der Wanne und griff zum Bademantel, obwohl Arabella ihn immer ermahnte, sich erst richtig abzutrocknen und nicht überall Pfützen zu hinterlassen. Als er das Glimmerzeug mit den Händen zusammenfegte, blieb ein Teil an seinen nassen Fingern kleben.

Ehe er hinausging, stieg er rasch auf die Trittleiter vor dem Aquarium, um Herrn Blubb sein Sonntagsfischfutter zu geben, und zum Schluss warf er noch einen prüfenden Blick in den Spiegel. Die dunkelbraunen Haare, die kreuz und quer am Kopf klebten, waren ziemlich gewachsen und hingen ihm fast schon über die Augen – was irgendwie cool aussah.

Er schnitt sich selbst eine Grimasse, öffnete die Tür und tappte tropfend die Wendeltreppe hinauf.

In seinem Zimmer griff er als Erstes zum Rotstift und strich auf dem Kalender an der Wand schon mal den Sonntag aus, der gerade erst begonnen hatte. Nur noch fünf Tage bis zu den Sommerferien! Und ein paar Tage später würde Milli zu Besuch kommen. Sogar für zwei Wochen! Konrad spürte ein Kribbeln im Bauch. Er konnte es kaum erwarten ...

Unten im Hof ertönte ein leises Bimmeln.

Konrad runzelte die Stirn. Er kannte alle Geräusche, die im Haus oder rund ums Haus vorkamen, auswendig. Er kannte den Klang der vielen Glöckchen, die Arabella an ihren Kleidern trug oder die sie an allen möglichen und unmöglichen Stellen aufhängte – aber in ihrem kleinen Kräutergarten im Hinterhof bimmelte bislang noch nichts.

Er lief zum offenen Fenster und schaute hinaus. Draußen war es warm und windstill. Die alte Birke schwankte keinen Millimeter. In der tief hängenden Astgabel des Sauerkirschbaums hatte Arabella wie in jedem Sommer ein Vogelbad festgeklemmt, eine große, flache Tonschale, bis zum Rand gefüllt mit Wasser. Zwei Meisen und eine Amsel planschten gerade darin herum.

Konrad warf einen Blick in den linken Nachbargarten von Vera Minz. Und dann einen Blick nach rechts, in den Garten des Apothekers Erwin Plaster. Nirgends war etwas Ungewöhnliches zu entdecken.

Er wollte gerade den Kopf zurückziehen und das Fenster schließen, da passierte etwas Merkwürdiges. Drei Stockwerke tiefer, unten im Erdgeschoss, tauchte der Netzring des Teleskopkeschers auf und schob sich vom Fenster ganz, ganz langsam Richtung Kirschbaum! Der Griff wurde wie in Zeitlupe länger und länger, das Netz schob sich Millimeter für Millimeter unter die Astgabel mit dem Vogelbad und verharrte schließlich dort.

Konrad konnte es genau erkennen: Am Boden des Netzes hing eine kleine schimmernde Glocke aus Messing.

Die beiden Meisen flogen davon, nur die Amsel badete in aller Seelenruhe weiter.

Im nächsten Augenblick segelte eine fette Taube herbei

und landete mit lautem Platschen in der Schale. Die Amsel flüchtete, und Konrad beobachtete, wie die Taube es sich im Vogelbad gemütlich machte und mit den Flügeln ruderte. Ihr Schnabel senkte sich, dann legte sie den Kopf weit in den Nacken und wiederholte danach die ganze Prozedur ein paarmal hintereinander. Die Taube trank.

Plötzlich begannen ihre Flügel heftiger zu flattern, sie schwankte, und ihre Augendeckel klappten einige Male auf und zu. Dann kippte sie vom Rand der Schale und fiel direkt ins Netz.

Die kleine Glocke bimmelte.

Es war kaum zu glauben: Für den Bruchteil einer Sekunde sah Konrad eine Hand, die den Griff des Keschers packte. Dann begann der Netzring sich in Zeitlupe wieder zurückzuziehen. Der Griff wurde kürzer und kürzer, das Netz mit der leblosen Taube darin kam näher und näher ... und verschwand schließlich im Haus.

Kommissar Ivo

Arabella ein Geheimnis zu entlocken war schwieriger als jede Mathearbeit. Während er sich anzog, grübelte Konrad darüber nach, was sie wohl mit der Taube wollte. Waren sie vielleicht arm und hatten nicht genug zu essen? Er musste schlucken. Vor zwei Tagen hatte es Hühnerfrikassee gegeben – vielleicht waren die Hühner ja gar keine Hühner gewesen? Konrad überlegte, wie er es bloß anstellen sollte, das Taubenthema möglichst unauffällig anzusprechen. Aber ihm fiel einfach nichts ein.

Auf dem Weg ins Erdgeschoss warf er in der Küche sicherheitshalber noch schnell einen Blick in den Kühlschrank. Er war gut gefüllt, mit ganz normalen Dingen, und auch im Gefrierfach lag nichts Verdächtiges ...

Als er kurz darauf die Treppe herunterkam, stand Arabella hinter ihrer Ladentheke und beschriftete blaue und grüne Fläschchen, in denen winzige Korken steckten. Nebenbei hörte sie im Radio ihre Lieblingssendung, die *Zauberhafte Melodien* hieß. Eine abgrundtiefe Männerstimme mit rollendem R sang sehnsuchtsvoll:

»... fliegt eine weiße Tauuuube zu dir hierheeeer. Lasse sie ohne Säumen zum Fensterrr eiiiin. Mit ihr wird meine Seeeele dann bei dir seiiiin!«

Der Sänger mit dem Brummbass holte tief Luft und schmetterte den Refrain, und Arabella hielt einen Moment andächtig inne und sang mit:

»O Matrrrooose, oheeeeeee,
in die wogende Seeeeeeeeeee …«

Am liebsten hätte Konrad sich die Ohren zugehalten, denn Arabella sang leider schrecklich falsch. Aber das Lied kam wirklich wie gerufen!

»Tja, Tauben, jaja, Tauben«, sagte er und räusperte sich. »Was für ein schönes Lied!«

»Nicht wahr?« Arabella lächelte ihn an.

»Kann man Tauben eigentlich auch essen?«

»Natürlich, warum nicht?«

Er zuckte zusammen.

»Hast *du* denn schon mal Tauben gegessen?«, fragte er listig, denn wenn sie es getan hatte, musste es eigentlich auch auf ihn zutreffen, weil er ja immer das aß, was sie kochte.

Arabella überlegte – oder tat sie vielleicht nur so?

»Hm. Ja, vor dreizehn Jahren. Als ich mit Vera damals in Frankreich war.«

Vor *dreizehn* Jahren? Da war Konrad noch gar nicht auf der Welt gewesen!

»Und würdest du es wieder tun?«

»Mit Vera nach Frankreich fahren? Ja, das sollten wir mal wieder machen. Aber natürlich nicht ohne dich, mein Schatz!« Arabella lachte. »Hilfst du mir mit den Fläschchen?«

Mist, dachte Konrad. Die Kommissare im Fernsehen stellten ihre Fragen irgendwie geschickter!

»Okay. Worum geht's?«

»Du nimmst den Karton mit den grünen und ich den mit den blauen Flaschen. Und hier sind weiße Aufkleber, da schreibst du den Inhalt drauf. Dann klebst du sie auf, und zum Schluss kommt oben ein Korken rein, aber nicht zu fest.«

»Und was soll auf den grünen Flaschen draufstehen?«

»Lingua Magica.«

So hieß Arabellas Sprachwundermittel. Sie hatte den Namen kaum ausgesprochen, als Krax wie ein Torpedo zur Rabenluke hereingeschossen kam und, ohne zu schlingern, eine

genaue Punktlandung auf der Theke hinlegte. Der Effekt der Fliegerbrille war wirklich erstaunlich.

»Krax, NEIN!« Arabella hob mahnend den Zeigefinger. »Du kriegst nichts mehr. Die erste Dosis war schon viel zu hoch. Wenn du noch mehr davon trinkst, wirst du mir krank!«

Krax hoffte immer noch, eines Tages ganz ohne Gekrächze sprechen zu können. Und leider versuchte er immer wieder, eines der Fläschchen zu stehlen. Deswegen musste Arabella ständig auf der Hut sein und ihre Vorräte immer gut im Schrank einschließen.

Der Rabe klapperte ärgerlich mit dem Schnabel und verschwand pfeilschnell wieder durch die breite Klappe unten in der Ladentür.

Konrad klebte ein Etikett auf eines der Fläschchen und

steckte einen kleinen Korken hinein. »Bald kommt Milli!«, sagte er. »Freust du dich schon?«

Arabella zuckte ein bisschen zusammen, und als sie nickte, bemerkte er, dass sie Freudentränen in den Augen hatte. Sie konnte ihr Glück immer noch nicht fassen. Milli war ihre Tochter, und bevor Konrad und Milli sich im letzten Jahr zufällig begegnet waren, hatte Arabella die Hoffnung, sie jemals wiederzufinden, fast schon aufgegeben.

Konrad war bei Arabella aufgewachsen, und sie war für ihn fast wie eine richtige Mutter. Und Milli hatte so lange bei Konrads Eltern in der Schweiz gelebt, dass diese für sie fast wie richtige Eltern waren. Manchmal fand Konrad es immer noch seltsam, dass seine Familie so anders war als andere Familien. Und dass er letztes Jahr endlich seine Eltern kennengelernt hatte und es in seinem Leben nun sogar so etwas wie eine Schwester gab. Mit dem großen Unterschied, dass Milli viel toller war, als normale Geschwister sein konnten. Sehr viel toller sogar!

»Weißt du, wie lange ich darauf gewartet habe, sie wiederzusehen?«, murmelte Arabella.

»Ich weiß«, stöhnte Konrad, denn er hatte den Satz schon tausendmal gehört. »Fast elf Jahre hast du gewartet ... Aber in der Zwischenzeit hattest du ja mich!«

Arabella streichelte ihm über die Wange. »Ja, mein Schatz«, sagte sie. »Du weißt doch, was ich meine.«

Er runzelte die Stirn und überlegte. Er hatte sich jahrelang nach seinen richtigen Eltern gesehnt. Aber dann hatte er seinen Vater, seine Mutter und Milli in den Ferien besucht, und es war nicht dasselbe gewesen wie bei Arabella. Seine Eltern waren wirklich nett ... Allerdings auch ein bisschen langweilig. Sie lebten in einem winzigen Dorf in den Bergen, und so schön es dort auch war, so hatte Konrad sich doch eingestehen müssen, dass es ihm bei Arabella einfach besser gefiel. Manchmal konnte sie einem zwar furchtbar auf die Nerven gehen, aber langweilig wurde es mit ihr nie. Wer hatte schon eine Mutter, die hinten im Hof heimlich Tauben fing?

»Ach übrigens, wozu hast du den Teleskopkescher denn gebraucht?«, fragte er beiläufig.

»Oh ... Na ja ... Ich ...«

Im selben Moment klingelte das Telefon, das neben der Kasse stand, und Arabella griff eilig nach dem Hörer.

»Ja, der ist da.« Sie legte die Hand über die Sprechmuschel. »Für dich, Konrad. Es ist Ivo! Du kannst oben rangehen.«

Ivo war sein bester Freund. Konrad rannte die Treppe hinauf ins Wohnzimmer und nahm ab.

»Mann, ich muss dir was erzählen!«, knisterte Ivos aufgeregte Stimme durch die Leitung. »Ich weiß jetzt endgültig, was ich werden will!«

In letzter Zeit dachte Ivo offenbar viel über Berufe nach. Jedenfalls erzählte er Konrad jede Woche etwas Neues über seine Zukunftspläne.

»Ich dachte, Dompteur«, sagte Konrad.

»Ja, das vielleicht auch. Aber vor allem Kommissar!«

»Kommissar? Wieso denn das?«

»Gestern Abend waren meine Eltern nicht zu Hause, da hab ich heimlich ferngesehen«, erzählte Ivo. »Einen Krimi.

Und der Kommissar hat unheimlich vielen Leuten Fragen gestellt, bloß um rauszukriegen, wer der Mörder ist. Das hat echt Monate gedauert!«

»Na und?«

»Ich hätte den Job an einem Tag erledigt. Man muss doch nur den Toten fragen!«

Ivo konnte sich wirklich mit den Geistern von Verstorbenen unterhalten, zum Beispiel mit seinem Großvater. Konrad hatte es selbst gehört.

»Stimmt«, sagte er. »Aber deswegen wärst du trotzdem kein besserer Kommissar.«

»Na klar!«

»Nein«, widersprach Konrad. »Du könntest doch nicht einfach sagen: Tja Leute, ich hab den Toten verhört – das würde dir doch niemand glauben! Erst mal müsstest du gute Beweise finden, wie jeder andere Kommissar.«

Ivo schwieg eine Weile und dachte nach. »Hm. Und wenn ich das Gespräch auf Tonband aufzeichne?«

»Dann hält man es für eine Fälschung und erklärt dich für verrückt.«

»Mist, du hast recht.« Er seufzte. »Dann überleg ich's mir noch mal ... Wollen wir uns heute treffen?«

»Fußball? In einer Stunde am Schlangenbrunnen im Park?«, schlug Konrad vor.

»Okay, bis gleich.«

»Bis gleich.«

Keks und Limonade

Nach dem Fußballtreffen mit Ivo hatte Konrad den seltsamen Zwischenfall mit der Taube fast wieder vergessen. Den Rest des Nachmittags beschäftigte er sich mit dem Vogelbuch, denn am nächsten Tag musste er in der Biostunde sein allererstes Referat halten – allein der Gedanke daran verursachte ein unangenehmes Ziehen in seiner Magengrube. Frau Weber-Knecht, die Biolehrerin, war ziemlich ungeduldig und begann manchmal ohne Grund herumzuschreien. Aber in diesem Schuljahr musste jeder ein Referat halten, und Konrad war nun schon einer der Letzten, weil er möglichst lange so getan hatte, als würde ihm kein Thema einfallen.

»Oh, ich kann dir gern ein Thema vorgeben«, hatte Frau Weber-Knecht gesagt. »Nadelbäume.«

Da war Konrad sehr schnell eingefallen, dass er lieber etwas über Raben machen wollte – außerdem konnte Krax ihm dann ja helfen. Frau Weber-Knecht wäre bestimmt beeindruckt, wenn er einen echten Raben mitbrachte.

Aber auf Krax war mal wieder kein Verlass, denn am Montagmorgen fehlte von ihm jede Spur! Er war einfach verschwunden, und Konrad fluchte leise vor sich hin, während er beklommen in der Straßenbahn saß, die ihn zur Schule fuhr. Er hatte Krax genau erklärt, wie wichtig dieses verdammte Referat war und dass er es gleich in der ersten Stunde halten musste. Konrad nahm sich vor, die Rabenklappe noch am selben Abend zuzunageln, damit Krax nicht mehr einfach so kommen und gehen konnte, wie es ihm gerade in den Kram passte. Das alles wäre wirklich nur halb so schlimm gewesen, wenn er das Referat bei seiner netten Klassenlehrerin Frau Rosenbaum hätte halten müssen. Aber ausgerechnet bei Frau Weber-Knecht!

Als er ins Klassenzimmer kam, klopfte Benno Bullmann ihm beruhigend auf die Schulter. Konrad war froh, dass er und Benno sich nicht mehr stritten. Zu Beginn des Schuljahrs waren sie noch verfeindet gewesen, aber inzwischen kamen sie so gut miteinander klar, dass sie sogar am selben Sechsertisch saßen.

»Hallo, Konrad, viel Glück«, sagte Tim, sein Tischnachbar, ein stiller Junge, der sich nur selten meldete und sehr viel aus dem Fenster schaute.

Frau Weber-Knecht kam mit ihrer polierten Ledertasche unterm Arm herein. Sie trug ein olivfarbenes Kostüm und eine Perlenkette auf einer faltenfreien weißen Bluse. Ihre braunen Haare hatten seit einer Woche einen leichten Lilastich, was daran lag, dass sie sich aus Versehen die falsche Haartönung gekauft hatte. Und da ihre Laune ebenfalls seit einer Woche noch viel schlechter war als früher, vermutete Konrad, dass es wohl irgendwie mit ihrer neuen Haarfarbe zusammenhing.

»So, dann wollen wir mal«, sagte sie und stellte ihre Ledertasche auf den Tisch. »Letzte Stunde haben wir von Jette einen langen Vortrag über Marienkäfer gehört, heute erzählt uns Konrad etwas über Raben ... Tim, glotz nicht dauernd aus dem Fenster!«

In diesem Moment öffnete sich die Tür, und Herr Specht, der Rektor, schob ein Mädchen in das Klassenzimmer.

»Eine neue Schülerin für Ihre Klasse, Frau Rosenbaum«, sagte er.

Konrad zuckte zusammen. Das konnte doch nicht wahr sein!

Das Mädchen trug ein weißes Sommerkleid mit kurzen kugeligen Ärmeln, die wie kleine weiße Ballons aussahen. Es hatte kinnlanges schnurgerades Haar und graublaue Augen, die so durchdringend blickten, als könnten sie Röntgenaufnahmen machen.

»Das hier ist Gesine. Sie ist gerade umgezogen«, erklärte Herr Specht. Dann ließ er das Mädchen einfach stehen und ging.

Gesine rümpfte die Nase, als sie Konrad erkannte, und presste die Lippen fest aufeinander. Dann schritt sie mit erhobenem Kopf und federnd wie eine Ballerina zum Sechsertisch am mittleren Fenster und setzte sich auf den freien Platz neben Jette.

Konrad starrte Gesine mit offenem Mund an und wartete auf einen Aufschrei von Frau Weber-Knecht, denn die Biolehrerin mochte es ganz und gar nicht, wenn ein Schüler sich unaufgefordert auf irgendeinen freien Platz setzte. Bestimmt

Rabe

würde sie Gesine auf der Stelle umsetzen, schon aus Prinzip. Nur um ihr zu zeigen, dass sie nicht einfach so machen konnte, was sie wollte.

Aber Frau Weber-Knecht sagte seltsamerweise gar nichts, sondern glotzte nur, und ihr Mund öffnete und schloss sich ein paarmal hintereinander wie das Maul von Arabellas Karpfen. Konrad ließ seinen Blick durchs Klassenzimmer schweifen und sah, dass tatsächlich jeder Gesine anstarrte. Offenbar kannte sie das schon, denn sie verdrehte genervt die Augen, als wäre ihr dasselbe an diesem Tag schon hundertmal passiert. Dann strich sie sich lässig die schnurgerade herabhängenden Haare hinter beide Ohren und begann in aller Seelenruhe ihre Schultasche auszupacken.

»Nun«, sagte Frau Weber-Knecht, als sie ihre Sprache wiedergefunden hatte. »Wir beginnen jetzt mit ... dem Referat ... Mit Konrads Referat ... über Raben. Bitte, Konrad.« Sie stand auf, um ihm den Platz hinter dem Lehrerpult freizumachen.

Es war so weit. Konrad nahm seine Zettel und schritt widerwillig nach vorn.

Er wollte gerade beginnen, als plötzlich ein klickerndes Klopfen zu hören war.

»Da!«, rief Mira und zeigte zum Fenster neben der Tafel. »Eine Krähe mit Schwimmbrille!«

»Sei bitte nicht albern, Mira«, sagte Frau Weber-Knecht mit strenger Miene.

Die Kinder waren von ihren Stühlen aufgesprungen und stürmten nach vorn. Jette riss das Fenster auf. »Eine Krähe, eine riesige Krähe!«

Konrad drängte sich an ihr vorbei. »Das ist ein Rabe, keine Krähe ... *Mein* Rabe ist das!«, verkündete er, was eigentlich nicht stimmte, denn Krax gehörte Arabella. Er landete krächzend auf Konrads Schulter und begrüßte ihn mit einem Ohrenzwicken. »Und er hat auch keine Schwimmbrille auf, sondern eine Fliegerbrille!«

»Wo warst du denn bloß?«, zischte er Krax zu. Der Rabe schnarrte ihm leise ein Wort ins Ohr, das ungefähr wie »Krille« klang – offenbar hatte er seine Fliegerbrille gesucht und sich deswegen ein wenig verspätet. Konrad war so froh und erleichtert, ihn zu sehen, dass sein Ärger augenblicklich verflog.

»Krax hilft mir bei meinem Referat«, erklärte er stolz, und Frau Weber-Knecht zog beide Augenbrauen hoch, was bedeutete, dass sie nicht besonders begeistert war. Aber dann schickte sie die anderen Kinder zurück auf ihre Plätze, legte einen Finger an die Lippen, und Konrad und Krax konnten beginnen.

»Raben«, las Konrad mit lauter Stimme vor, und Krax flatterte auf seinen Kopf, damit alle ihn gut sehen konnten.

»Raben sind die klügsten Vögel, die es gibt ...«

Krax drückte die Brust heraus und sah sich stolz nach allen Seiten um.

»Sie haben zwei große Flügel, die man eigentlich Schwingen nennt ...«

Krax klappte erst den rechten und dann den linken Flügel auf.

»Hinten sind die Schwanzfedern, damit können sie beim Fliegen steuern.«

Der Rabe machte eine halbe Drehung, wobei er Konrads Haar zerzauste, und führte die Schwanzfedern vor: Erst kippte er sie nach rechts, dann kippte er sie nach links, und zum Schluss ließ er sie wie einen Propeller durch die Luft wirbeln.

»Raben sind die besten Flugkünstler, die es gibt!«

Krax segelte elegant einmal quer durchs Klassenzimmer. Kurz vor der Wand tauchte er mit dem Kopf blitzschnell nach unten ab, überschlug sich und flog mit dem Bauch nach oben zurück – wie ein Rückenschwimmer in der Luft!

Die Kinder sprangen johlend und klatschend von ihren Plätzen auf. Konrad durchzuckte ein Gefühl der Erleichterung, und er hob den Kopf und warf einen kurzen Blick in die Runde. Frau Weber-Knecht lächelte immerhin. Nur Gesine wirkte gelangweilt und verzog keine Miene – nicht einmal, als Krax mit einem Salto mortale auf Konrads rechtem Arm landete.

»Raben können sogar rechnen«, fuhr er fort. »Krax, wie viel ist neun geteilt durch drei?«

»Krah, krah, krah!«, antwortete Krax.

Die Klasse applaudierte.

»Und Raben können sprechen ...«

Krax machte große Augen und starrte Konrad durch seine Brillengläser erschrocken an.

»... wenn sie nicht gerade erkältet sind.«

»Haaaa-TSCHI!« Krax nieste und hustete mehrmals hintereinander, genau wie Arabella es immer tat, wenn sie Schnupfen hatte. Er konnte jedes Geräusch perfekt nachahmen.

Die Klasse applaudierte zum zweiten Mal. Konrad freute sich und wollte gerade weitermachen – da brach der Beifall unvermittelt ab. Als er verdutzt den Kopf hob, sah er, dass Gesine aufgestanden war. Sie strich sich wieder mit einer lässigen Bewegung die Haare hinter die Ohren, und ihre stechend hellen Augen schienen aufzublitzen wie die Pupillen einer Schleichkatze bei Nacht.

»Dieser Rabe ist albern«, bemerkte sie kurz und knapp. »Und das Referat ist langweilig.« Sie hielt sich eine Hand vor den Mund, gähnte vornehm hinein und nahm wieder Platz.

»Genau, *albern*!«, wiederholte Jette. »Albern und langweilig!«

»Totaaal langweilig«, sagte Mira.

Leises Getuschel war zu hören. Dieselben Schüler und Schülerinnen, die eben noch begeistert geklatscht hatten, fingen auf einmal an zu lästern! Als hätte jemand mitten in einer lustigen Fernsehsendung mit einer unsichtbaren Fernbedienung umgeschaltet, und nun lief plötzlich ein Horrorfilm! Fast alle schienen sein Rabenreferat blöd zu finden. Buhrufe waren zu hören! Konrad sah sich ungläubig um. Er hatte tausendmal versucht sich vorzustellen, was bei seinem ersten Referat im schlimmsten Fall wohl schiefgehen konnte – aber das hier war tausendmal schlimmer!

Wenigstens Tim und Benno schienen noch zu ihm zu halten, jedenfalls blickten sie genauso ratlos in die Runde wie er.

Frau Weber-Knecht erklärte mit eisiger Stimme, dass ein Referat nicht dasselbe sei wie eine Vogelschau. Dann wedelte sie mit ihrem Biobuch und machte dabei dreimal »Ksch, ksch, ksch!«, bis Krax schließlich zum offenen Fenster hinausflüchtete.

Konrad schlich zu seinem Platz zurück. Er spürte einen Kloß im Hals und warf einen Blick zu Gesine hinüber. Die Neue hatte den Kopf in die Hände gestützt und starrte gelangweilt vor sich hin.

Es kann doch nicht sein, dachte Konrad, dass fast die ganze Klasse mein Rabenreferat auf einmal blöd findet, nur weil ein wildfremdes Mädchen, das vor ein paar Minuten erst zur Tür hereingekommen ist, behauptet, Krax sei albern. So etwas gibt es doch nicht ...

»Puh, ist mir warm. Ich will was Kaltes zu trinken«, hörte er Gesine auf einmal sagen.

Sie hatte es kaum ausgesprochen, als die Hälfte der Schüler von ihren Sitzen aufsprang und zum Waschbecken rannte. Mira und Jette brüllten »ICH!«, »NEIN, ICH!«, und stritten um das einzige Glas, das in dem kleinen Schränkchen neben der Spüle stand. Das Glas flog im hohen Bogen durch die Luft, prallte gegen die Wand und zersprang in tausend Scherben.

Konrad wartete darauf, dass Frau Weber-Knecht einen Schreianfall bekam und Mira und Jette zu Rektor Specht schickte.

Mira und Jette warteten offenbar auf dasselbe, denn sie bissen sich schuldbewusst auf ihre Lippen.

Aber es geschah nichts dergleichen. Anstatt zu brüllen, setzte Frau Weber-Knecht ein seltsames Lächeln auf, bei dem die Mundwinkel eher nach unten zeigten als nach oben. Ein genüssliches, gemeines, hämisches Lächeln, das so aussah, als würde sie jeden Moment »Ätsch!« sagen.

Sie klappte ihre glänzende Ledertasche auf und nahm die Thermoskanne heraus, in der sie im Sommer immer ihre eisgekühlte Lieblingslimonade mitbrachte. Wenn ihre Schüler eine Klassenarbeit schrieben und über den Fragen schwitzten, schraubte Frau Weber-Knecht den Becherdeckel ihrer Thermoskanne ab und goss sich klickernd Limonade mit Eiswürfeln ein. Und wenn sie dann trank, war das Schlucken und Gluckern so laut zu hören, dass selbst die Schüler in der letzten Reihe es genau mitbekamen. Dann bekamen alle quälenden Durst und konnten überhaupt nicht mehr richtig denken, weil sie Frau Weber-Knechts eisgekühlte Limonade so schrecklich lecker fanden.

Frau Weber-Knecht füllte den Becherdeckel der Kanne mit kühler Limonade und stellte ihn auf eine rote Serviette, die sie ebenfalls aus ihrer Tasche hervorzauberte. Dann holte sie eine Schachtel Kekse heraus, entnahm ihr eine kleine braune Schokobrezel und legte sie hübsch ordentlich neben den Becher auf die Serviette. Und schließlich balancierte sie das

Ganze auf ihrer ausgestreckten Hand zu Gesine hinüber und stellte es vor ihr auf den Tisch.

Gesine nippte an der Limonade, ohne sich zu bedanken. Und als sie an der Schokobrezel knabberte, klang es, als würde eine Maus in einen Kräcker beißen. Trotzdem war das Knirschen im ganzen Klassenraum zu hören, weil alle den Atem anhielten und die Neue anstarrten.

Konrad war fassungslos. Es war noch nie vorgekommen, dass die Biolehrerin einem Schüler oder einer Schülerin etwas von ihrer eisgekühlten Limonade angeboten hatte.

Frau Weber-Knecht warf Mira und Jette einen triumphierenden Blick zu.

»*Ich!*«, sagte sie.

Und dann streckte sie den beiden Mädchen die Zunge heraus!

Tarnanzüge

Während der langen Rückfahrt von der Schule saß Konrad in der ruckelnden Straßenbahn und grübelte darüber nach, was er bloß falsch gemacht hatte. Weshalb durfte Krax ihm denn nicht helfen? Und was war schlimm daran, für ein Rabenreferat einen Raben mitzubringen? Schließlich hatte Jette bei ihrem Referat auch einen Marienkäfer herumgezeigt. Das Seltsamste aber war, dass Frau Weber-Knecht sich nach dem Auftauchen der Neuen so merkwürdig benommen hatte. Nicht nur sie, fast alle Kinder in seiner Klasse waren plötzlich verrückt geworden. Konrad wurde das komische Gefühl nicht los, dass Gesine sie und die Lehrerin irgendwie verhext hatte. Jedenfalls fiel ihm keine andere Erklärung dafür ein, dass Frau Weber-Knecht plötzlich so freundlich war, noch dazu zu einem Mädchen, das sie gar nicht kannte. Andererseits glaubte Konrad nicht an Hexen. Nicht an alte mit krummen Nasen und fliegenden Besen. Und erst recht nicht an junge mit schnurgeraden Haaren und graublauen Röntgenaugen.

Er seufzte, während die Straßenbahn Nummer 16 sich quietschend und kreischend in die Kurve legte und auf die Haltestelle vor dem alten Rathaus zusteuerte. Mit Gesine würde es noch eine Menge Ärger geben, so viel stand fest.

Als er zu Hause ankam, kauerte Vera Minz auf den Stufen vor dem Eingang ihres Bonbonladens und rauchte eine Zigarette. Konrad hätte sie fast nicht erkannt, denn sie hatte sich als Japanerin verkleidet: Ihr Gesicht war weiß geschminkt, auf ihrem Kopf wölbte sich ein falscher Haarknoten, in dem zwei Essstäbchen vom China-Imbiss steckten, und sie trug einen grünen Kimono aus Seide, der so ähnlich aussah wie ein Morgenmantel.

»Warum guckst du denn so komisch?«, fragte er.

Vera starrte düster vor sich hin und deutete statt einer Antwort auf das neue Schild, das über dem Schaufenster hing: JAPANISCHE WOCHE stand dort in großen Buchstaben zu lesen. Gleich darunter prangten japanische Schriftzeichen in roter Leuchtfarbe.

Konrad fiel ein, dass in letzter Zeit viele Reisegruppen aus Japan bei ihnen in der Altstadt unterwegs waren – oft blieben sie dann vor Arabellas Kräuterladen stehen, um das kleine Fachwerkhaus mit den schiefen Wänden zu fotografieren.

Er warf einen neugierigen Blick ins Schaufenster und entdeckte Süßigkeiten und essbare Figuren, die Vera sonst nie verkaufte. Offenbar hatte sie sich für die Japaner extra etwas Neues ausgedacht. Neben jeder Sorte lag ein Kärtchen mit einer kurzen Beschreibung. Es gab »Harakiri-Konfekt« mit Chili und superscharfem Pfeffer in der Schokolade, große gebogene »Samuraischwert-Waffeln« und »Süßes Sushi« – das waren Marzipanpralinen, die wie Fischhäppchen aussahen. Weiter hinten hatte sie zehn japanische Sumoringer aus Schokolade aufgestellt. Anstatt aufrecht zu stehen, hockten sie irgendwie

M
open
VERA MIŹ

seltsam in der Luft. Wie zehn dicke Männer, die nebeneinander auf zehn unsichtbaren Toiletten saßen, fand Konrad.

Auf jeder der kleinen Karten stand ebenfalls etwas auf Japanisch. Seit Vera von Arabellas fantastischem Sprachtrank *Lingua Magica* getrunken hatte, konnte sie mühelos fast fünfzig Sprachen perfekt sprechen, schreiben und lesen. Konrad hatte das Wundermittel ebenfalls eingenommen – seither brauchte er für Englisch keine Vokabeln mehr zu lernen.

»Hast du Sorgen?«, fragte er, denn Vera rauchte eigentlich nur, wenn es ihr gerade nicht so gut ging. Er stellte seine Schultasche ab und setzte sich zu ihr auf die kleine Ladentreppe.

Sie drückte die halb gerauchte Zigarette aus und blickte ihn traurig an.

»Renaldo hat mir geschrieben, dass er eine Weltreise macht!« Renaldo war Veras italienischer Freund, der in Florenz wohnte. Die beiden sahen sich nicht sehr oft und stritten auch ziemlich viel. Trotzdem war Vera noch niemals so verliebt gewesen wie in Renaldo. »Da, lies mal den letzten Satz!« Sie griff in die Tasche ihres Kimonos und reichte ihm einen kleinen Brief.

Konrad faltete ihn auseinander.

Arabellas Sprachtrank funktionierte einwandfrei. Die Sätze waren so leicht zu verstehen wie Deutsch, obwohl Renaldo natürlich auf Italienisch geschrieben hatte, so wie immer.

»Liebste, Du kannst mich jetzt für ein paar Monate
nicht erreichen. Ich muss die Welt entdecken und
werde mal da sein und mal dort«,

übersetzte Konrad.

Vera fing an zu weinen. Tränen liefen ihr übers Gesicht und zogen hässliche Spuren durch die weiße Schminke. »Mal da und mal dort ...«, schluchzte sie. »Nur nicht bei mir!«

»Hier steht aber auch: *Auf ewig Dein Renaldo*«, bemerkte Konrad.

»Ach, das schreibt er doch bloß so!« Vera zog ein Taschentuch hervor und prustete hinein, wodurch sie die Schminke abwischte und nun ein weißes Gesicht mit roter Nase hatte. »Männer sagen und schreiben das eine und tun dann das andere. Er will mich für *ein paar Monate* nicht sehen! Ich kann ihm keinen Brief schreiben, ich kann ihn nicht anrufen, weil er kein Handy hat ...«

»Er hat kein *Handy*?«

»Nein, er hasst Handys ... Und dann übernachtet er jeden Tag woanders, vielleicht auch da, wo's gefährlich ist, und ich werde die ganze Zeit Albträume haben und mir vorstellen, dass er im Dschungel herumspaziert und einen Tiger trifft ...«, ihr Mund begann zu zittern, und ihre Stimme wurde schrill, »... der ihn auffrisst!« Wieder schossen ihr die Tränen in die Augen, und auf dem grünen Kimono landeten immer mehr weiße Schminketropfen, sodass er langsam ein interessantes Punktmuster bekam.

Konrad legte tröstend seine Hand auf ihren Arm. Vera war nicht nur Arabellas beste Freundin. Sie war ihm so wichtig wie eine zweite Mutter – oder eine dritte, schließlich gab es ja auch noch seine richtige Mutter in den Schweizer Bergen. Er liebte Vera sehr und konnte es kaum ertragen, wenn sie traurig war.

»Arabella hat versprochen, sich was auszudenken«, schniefte Vera. »Irgendeinen Trank, der mir helfen kann ...«

Konrad konnte sich beim besten Willen nicht vorstellen, was für ein Trank das sein sollte. Außerdem versprach Arabella leider öfter Dinge, aus denen dann nichts wurde.

»Wenn sie es versprochen hat, dann klappt es ganz bestimmt.« Er gab sich alle Mühe, zuversichtlich zu klingen.

Vera lächelte und drückte ihm einen Kuss auf die Wange. Dann stand sie eilig auf. »Ich muss wieder rein und mich neu schminken ... Dahinten kommt die nächste Reisegruppe.«

Sie verschwand in ihrem Laden.

Konrad nahm seine Schultasche und stieg nachdenklich die Stufen zu Arabellas Tür hinauf.

Als er hereinkam, unterhielt sie sich gerade mit Monalisa, den beiden Unzertrennlichen.

»Hast du den Krimi schon gelesen, den wir dir zum Geburtstag geschenkt haben?«, fragte Lisa.

»Nein. Krax liest ihn zurzeit, da muss ich leider warten.«

»Hallihallo!«, rief Mona, die Konrad als Erste bemerkte. Sie ließ ihre langen Haare schlackern. Seit Arabella ihr ein Baumrindenshampoo mit echten Heilerdekrümeln empfohlen hatte, sahen sie nicht mehr aus wie schlabberweich gekochte Spaghetti, sondern wie dicke harte Schnürsenkel.

»Konrad, du Lieber!«, rief Lisa, die immer noch ihre grauen Zöpfe trug. Immerhin hielt sie sich inzwischen an das Kussverbot, das er ihr erteilt hatte. Vera durfte ihn jederzeit küssen, Arabella manchmal und Milli sogar gerne öfter – alle anderen Küsse waren überflüssig.

Früher war Konrad jedes Mal geflüchtet, wenn Monalisa in Arabellas Laden auftauchten. Aber dann hatte er irgendwann festgestellt, dass die Geschichten, die die beiden immer erzählten, eigentlich ganz interessant waren. Und außerdem vollkommen verrückt.

Für Monalisa bestand das ganze Leben nur aus Kursen, und Konrad hatte sich anfangs sehr gewundert, dass man zu fast jedem Thema einen Kurs machen konnte. Zum Beispiel gab es *Frag nicht warum*-Kurse und *Folge dem Licht*-Kurse und *Lach mal wieder*-Kurse und *Wein doch endlich*-Kurse und sogar *Ich bin toll*-Kurse. Und mit jedem Kurs, den sie machten, wurde ihr Leben immer ein kleines bisschen besser oder schöner – jedenfalls glaubten Monalisa fest daran.

Als die beiden sich vor zwei Monaten zum ersten Mal richtig gestritten hatten, waren sie hinterher in einen *Verzeih mir*-Kurs gegangen. Der Kursleiter besaß die ungewöhnliche Begabung, in die Vergangenheit zurückblicken zu können. Dadurch hatte er schnell herausgefunden, dass Mona und Lisa sich in einem früheren Leben schon einmal begegnet waren, nämlich vor 220 Jahren in Paris. Damals hießen sie Madame Krepp und Madame Susett und waren die größten Feindinnen gewesen. Sie hatten sich nämlich an einem schönen Sonntag bei einem Spaziergang am Flussufer leider in denselben Mann verliebt. Mona (Madame Krepp) hatte den jungen Herrn geheiratet, und kurz nach der Hochzeit hatte Lisa (Madame Susett) versucht, Mona zu vergiften, was glücklicherweise aber nicht gelang.

Nachdem der Kursleiter ihnen das alles erklärt hatte, wurde

Mona so wütend, dass sie Lisa eine schallende Ohrfeige verpasste, wegen der Fastvergiftung vor 220 Jahren. Und Lisa verpasste Mona ebenfalls eine Ohrfeige, wegen der schlimmen Beleidigung vor zwei Wochen. Danach fielen sie sich weinend in die Arme und schworen, nie wieder zu streiten, erst recht um keinen Mann.

Konrad glaubte zwar kein Wort von dem früheren Leben in Paris, aber er fand die Geschichte einfach toll.

»Ich bin so unglücklich, Arabella. Sie sind so schüchtern geworden in letzter Zeit ...«, sagte Mona gerade.

»Hallo, mein Schatz!«, rief Arabella. »Wie war dein Referat?«

»Blöd.« Konrad wechselte lieber rasch das Thema. »Wer ist in letzter Zeit denn so schüchtern?«, fragte er neugierig.

»Die Elfen«, erklärte Lisa. »Sie zeigen sich einfach nicht mehr. Dabei hat es am Anfang doch so gut geklappt.«

Konrad erinnerte sich an den Kurs *Entdecke die Naturgeister*, den die beiden vor einigen Monaten gemacht hatten. Dort hatten sie gelernt, auf Spaziergängen durch Wald und Wiesen Elfen zu beobachten. Damals hatte Lisa an einem See sogar Wassergeister gesichtet!

»Ich glaube, es liegt an der Umweltverschmutzung«, seufzte Arabella.

»Die armen Elfen«, sagte Konrad, nur um auch etwas zu sagen.

Mona rollte mit den Augen und stieß Lisa unauffällig an.

»Was denn?«

Sie zuckte mit den Mundwinkeln und deutete auf Lisas Tasche.

»Ach ja, wir haben ein Geschenk für dich, Konrad«, sagte Lisa.

»Zum Geburtstag!«, ergänzte Mona.

»Zum Geburtstag?«, fragte Konrad verwirrt. Er hatte im November Geburtstag, und inzwischen war es Mitte Juni.

»Na ja, nachträglich ...« Lisa zog ein kleines Päckchen, das in Teddybärenpapier eingewickelt war, aus ihrer Einkaufstasche. »Wie alt bist du geworden, neun?«

»Elf!«, schnaufte Konrad beleidigt.

»Oh, Entschuldigung. Los, mach schon auf!«

Er riss das Teddypapier herunter, und zum Vorschein kam eine Schachtel, auf der in großen Buchstaben TINKERBELL-TARNKLEIDUNG stand. Auf dem Foto hinter der Schrift waren ein Mann und eine Frau abgebildet, die seltsame Anzüge aus grünem Netzstoff trugen. Auf ihren Köpfen saßen riesige Hüte, ebenfalls von Netz umhüllt und mit breiten Sichtfenstern aus Plexiglas. Konrad fand, dass die beiden wie Bienenzüchter aussahen.

»Was ist denn das?«, fragte er ratlos.

»Das ist brandneu und totaaal fantastisch!«, jauchzte Mona. »Kommt direkt aus Amerika.«

»Ein Tarnanzug zum Beobachten von Naturgeistern«, erklärte Lisa. »Das superfeine Spezialnetz schluckt deine menschliche Strahlung zu 99,5 Prozent. Echt der Wahnsinn. Dadurch können die Elfen dich nicht mehr orten! Wir haben uns auch sofort welche gekauft.«

»Wahnsinn ... Danke.« Konrad versuchte tapfer zu lächeln. »Und ... Habt ihr sie schon ausprobiert?«

»Noch nicht. Aber wir nehmen dich gerne mal mit, wenn du magst.«

Er malte sich aus, wie sie zu dritt in albernen grünen Netzkleidern durch den Wald pirschten ... Und wie sie dabei jemandem aus seiner Klasse begegneten ... Grauenvoll.

Konrad murmelte etwas von Mittagessen, stieg eilig die Treppe zum ersten Stock hinauf und ging in die Küche.

Aus dem alten Brotkorb, der oben auf dem Schrank stand, war ein rasselndes Schnarchen zu hören – Krax machte ein kleines Mittagschläfchen. Der Rabe war auch nicht mehr der Jüngste, und das Referat am Morgen hatte ihn wohl ein wenig angestrengt.

Auf dem Tisch stand ein Schälchen Schokoladenpudding, und im Kühlschrank wartete ein Teller mit Arabellas Eintopf, eins der wenigen ihrer »gesunden« Gerichte, die Konrad wirklich lecker fand.

Er stellte den Teller in die Mikrowelle und ging hinauf in sein Zimmer. Dort stopfte er den Karton mit dem Elfentarnanzug in seinen alten Rucksack, den er schon lange nicht mehr benutzte, und schob ihn in das hinterste Fach seines Kleiderschranks. Hoffentlich würde Arabella dort nicht irgendwann herumwühlen ...

Als er die Schranktür schloss, kam es ihm vor, als hätte er hinter der Wand etwas gehört.

Er lauschte.

Da war es wieder. Ein kratzendes und schabendes Geräusch, das vom Dachboden kommen musste, der sich gleich nebenan befand.

Konrad verließ das Zimmer und drückte die Klinke der Speichertür hinunter. Die Tür war abgeschlossen, was ihn sehr wunderte, denn normalerweise sperrte Arabella keine Räume ab. Oder klemmte die Tür vielleicht nur? Konrad rüttelte ein zweites Mal an der Klinke, dann holte er den Metallhaken aus seinem Zimmer, den Ivo vor einiger Zeit auf einem Flohmarkt gekauft und ihm geschenkt hatte. Angeblich handelte es sich um einen »Dietrich«, eine Art Universalschlüssel.

Der Metallhaken fand im Schlüsselloch erst keinen Halt, dann aber hatte Konrad plötzlich das Gefühl, dass etwas einrastete, und nach einer kleinen Drehung sprang die Tür krachend auf.

Ein seltsamer Geruch schlug ihm entgegen. Staub wirbelte durch die Luft, und eine kleine Feder schwebte an ihm vorbei, gemächlich wie ein winziges Luftschiff.

Das Kratzen und Schaben war nun deutlich zu hören. Als seine Augen sich ein bisschen an die Dunkelheit gewöhnt hatten, konnte er mehrere übereinandergestapelte Käfige aus

dünnen Holzstäben erkennen. Es waren an die zwanzig Stück, würfelförmig und von der Größe eines Minifernsehers. An der Vorderseite ließ sich ein schmaler Teil nach oben ziehen wie ein Schiebefenster.

Konrad knipste das Licht an.

In jedem Käfig saß eine gurrende Taube.

Auf dem Drachenberg

Manchmal fiel es Arabella schwer, sich etwas zu merken. Deswegen hatte sie schon vor Jahren versucht, ein Wundermittel gegen Vergesslichkeit zu brauen. Das Rezept stammte aus einem staubigen Buch der Stadtbibliothek, das sie dort beim Stöbern zufällig entdeckt hatte. Weil man es leider nicht ausleihen durfte, schrieb Arabella das Rezept auf einen großen Zettel. Doch als sie zu Hause ankam, war er nicht mehr da! Arabella schaute überall nach, aber sie wusste beim besten Willen nicht mehr, wo sie den Zettel hingesteckt hatte. Also ging sie zurück in die Bibliothek, um das Rezept ein zweites Mal abzuschreiben. Aber sie fand das Buch nicht wieder, weil sie sich dummerweise nicht erinnern konnte, wie es hieß und in welchem Regal es stand!

So kam es, dass der Wundertee gegen Vergesslichkeit niemals gebraut wurde. Konrad war damals wirklich gemein gewesen und hatte eine ganze Woche lang Witze darüber gerissen, dass Arabellas Hirn so löchrig sei wie das Nudelabtropfsieb, das in der Küche an der Wand hing.

Seitdem machte sie jedes Mal ein großes Geheimnis darum, wenn sie irgendeine neue Idee hatte. Deswegen ahnte Konrad schon, was die verschlossene Speichertür bedeutete: Wahrscheinlich arbeitete Arabella an dem neuen Trank, der Vera helfen sollte. Und seltsamerweise schienen die Tauben etwas mit dem geheimnisvollen Trank zu tun zu haben.

Konrad sperrte den Speicher wieder ab und beschloss, einfach so zu tun, als ob er nichts bemerkt hätte. Wenn es so weit war, würde Arabella ihm schon alles erklären. Bis dahin musste er eben Geduld haben.

Am Dienstagmorgen herrschte auf dem Pausenhof der Schule Chaos. Eine Gruppe von Schülern umringte Gesine wie eine Horde hungriger Wespen, die ein Honigbrot witterten. Sie war zwar nicht zu sehen, doch es bestand kein Zweifel, dass sie irgendwo in der Mitte des Menschenknäuels steckte, weil alle »Gesine, Gesine!« riefen.

Als es zum Unterricht läutete, mussten der Rektor und fünf Lehrer energisch einschreiten, um die anderen Kinder von ihr wegzuzerren.

Im Klassenzimmer nahm sie auf ihrem Stuhl Platz wie eine Königin auf dem Thron. Mira brachte ihr ein Glas Wasser, drei Jungen rissen die Fenster auf, damit ihr nicht zu warm wurde, und Jette packte für sie die Schultasche aus.

Frau Rosenbaum betrat den Raum.

»Good morning«, sagte sie. »Wie ich sehe, hat Gesine schon einen Platz gefunden. Dann können wir ja anfangen. Tim, sei so nett und mach drei Fenster zu, und Gesine liest uns die Geschichte von Peter and Sammy vor.«

Tim klappte in Windeseile drei der vier Fenster wieder zu,

und Gesine begann zu lesen, während Mira ihr das Buch hinhielt und auf die richtige Stelle tippte.

»Se liddl schtriet ...«

»Street«, korrigierte Frau Rosenbaum.

»Das steht da aber nicht!«

Direkt neben Gesine war ein lautes Zirpen zu hören, als säße dort eine fette Grille.

»Jette, könntest du das Anspitzen bitte auf die Pause verschieben?«, sagte Frau Rosenbaum.

»Aber Gesines Buntstifte sind total stumpf!«

»Das macht nichts.«

Jette legte widerwillig den Anspitzer beiseite.

»Weiter, Gesine.«

»Oh ...« Gesine erhob sich. »Ich glaube, mir wird schlecht ...« Sie trat schwankend einen Schritt vor und fiel plötzlich um.

Im nächsten Moment brach ein Tumult los. Alle Kinder sprangen auf und stürzten auf Gesine zu, die reglos am Boden lag. Benno und Tim stützten ihren Kopf, Mira guckte ganz erschrocken, und Jette verlor die Fassung und schluchzte: »O Gott, sie stirbt!«

Konrad hatte ein seltsam unwirkliches Gefühl. Als säße er im Kino und sähe einen Film. Er sah, wie sich Frau Rosenbaum, die ganz blass geworden war, neben Gesine auf den Boden kniete. Sie fühlte ihr den Puls und beklopfte beide Wangen.

Nach einer kleinen Ewigkeit schlug Gesine endlich ihre Augen auf und hauchte kraftlos: »Wo bin ich?«

Jette und Mira halfen ihr aufzustehen, stützten sie von beiden Seiten und führten sie in winzigen Schritten hinaus.

In der großen Pause erfuhren die Schüler, dass Gesine eine Weile im Erste-Hilfe-Raum gelegen hatte und schließlich nach Hause gefahren worden war – vom Rektor persönlich!

Als Konrad aus der Schule kam, schlief Krax seltsamerweise immer noch. Er wachte erst am Mittwochabend wieder auf und verbrachte den ganzen Rest der Woche mürrisch in seinem Brotkorb oben auf dem Küchenschrank. Arabella machte sich große Sorgen um ihn und probierte es mit Kräutertee, und Konrad versuchte den Raben mit allen möglichen Tricks vom Schrank herunterzulocken. Aber Krax blieb mit seinem

Krimi und Konrads altem ABC-Bilderbuch dort oben, und schließlich gaben sie es auf und ließen ihn erst einmal in Ruhe.

Gesines Zustand schien sich auch in den nächsten Tagen nicht zu bessern, denn sie kehrte vor dem Beginn der Sommerferien nicht wieder zurück. Konrad war darüber nicht besonders traurig, denn in der Klasse und auf dem Pausenhof benahmen sich nun alle wieder ganz normal – außer Jette und Mira, die einen Gesine-Fanclub gegründet hatten. Sie sammelten in jeder Pause Spenden und schickten ihr von den Einnahmen Blumen, Schokolade und eine große Karte, auf der in schnörkeligen Goldbuchstaben stand: *»Komm bald zurück, wir lieben dich!«*

Am Sonntag machte Arabella beim Frühstück ihr »geheimnisvolles Gesicht«, das Konrad so gut kannte, und verkündete:

»Heute möchte ich mit dir zum Drachenberg fahren. Zur Feier des Tages gibt es eine Überraschung!«

»Wieso denn zur Feier des Tages?«, fragte Konrad.

»Weil Sonntag ist und die Ferien angefangen haben und ich dir etwas zeigen möchte.«

Der Drachenberg war eine riesige Müllhalde, die man irgendwann bepflanzt hatte. Also war dort, wo sich am Stadtrand einst ein stinkender Berg aus Abfall aufgetürmt hatte, nun ein schöner grüner Hügel, und daneben lag ein kleiner Baggersee – die Grube, aus der man die ganze Erde herausgeholt hatte, um den Müll damit zuzudecken.

Weil es oben auf dem Hügel immer windig war, konnte man dort wunderbar Drachen steigen lassen. So hatte der bepflanzte Müllberg seinen Namen erhalten.

»Zum Drachenberg? Warum denn?«

»Wart's ab«, sagte Arabella mit geheimnisvoller Stimme. Sehr lange brauchte Konrad nicht zu warten, denn als sie nach dem Frühstück das Haus verließen, parkte direkt vor der Ladentür Arabellas Streifenente, ihr altes Auto, das neuerdings schwarz und weiß gestreift war wie ein Safarijeep. Statt eines Dachs aus Blech hatte die Ente eine regendichte Plane, die sich nach hinten aufrollen ließ wie der Deckel einer Sardinendose.

Arabella musste den Wagen schon am frühen Morgen beladen haben, denn die Dachplane war offen, und auf dem Rücksitz türmten sich die Holzkäfige mit den Tauben, die Konrad auf dem Speicher entdeckt hatte. Zwei der Käfige guckten oben heraus. Die beiden Tauben schienen die Aussicht sehr interessant zu finden, denn sie gurrten aufgeregt und verrenkten sich die Hälse, um möglichst viel zu sehen.

»Nanu«, sagte Konrad und tat ganz überrascht. »Wo hast du denn die vielen Tauben her?«

»Tjahaaa!«, rief Arabella triumphierend. »Da staunst du, was?«

»Ja, echt.«

Sie stiegen ein und brausten los.

Die Streifenente war wirklich schnell. Arabella jagte über eine flache Landstraße dahin, und ihre roten Korkenzieherlocken wehten hinter ihr her wie ein kleiner Kometenschweif aus lodernden Flammen. In letzter Zeit steckte sie die Haare nicht mehr so oft hoch, sondern trug sie lieber offen.

Konrad schloss für einen Moment die Augen und genoss das angenehme Feriengefühl, das ihm den Nacken hinaufkroch. Er würde sich ganz oft mit Ivo treffen, er brauchte Gesine sechs Wochen lang nicht mehr zu sehen, und außerdem dauerte es nur noch drei Tage, bis Milli kam. Die Käfige auf dem Rücksitz rumpelten und klapperten. Er warf einen Blick nach hinten und sah, dass die Tauben sich erschrocken duckten und die Köpfe eingezogen hatten.

Wenig später jagten sie den Drachenberg hinauf, um den sich eine schmale Schotterstraße wand, wie die spiralförmige Rille eines Schneckenhauses. Oben befand sich eine kleine Wiese, und dort parkte Arabella ihre Streifenente neben einer hohen Pappel, in deren Ästen sich die Drachen regelmäßig verfingen.

Konrad half beim Ausladen und stellte die Taubenkäfige in Reih und Glied nebeneinander auf.

»Diese Tauben«, verkündete Arabella feierlich, »haben alle von meinem neuesten Trank getrunken: *Columba telepathica*!«

»Aha«, sagte Konrad und dachte daran, wie die erste Taube im Netz des Teleskopkeschers gelandet war. »Und davon sind sie dann in Ohnmacht gefallen.«

Arabella blickte ihn verdutzt an. »Woher weißt du das?«

»Äh, ich hab nur Spaß gemacht.« Er biss sich ärgerlich auf die Lippen.

»Aber es stimmt«, sagte Arabella. »Die Tauben fallen wirklich erst in Ohnmacht und schlafen ungefähr zwei Tage lang.

Und wenn sie wieder aufwachen, sind sie telepathische Brieftauben.«

Konrad legte verwirrt die Stirn in Falten.

»Das sind Brieftauben, die man per Gedankenübertragung verschicken kann«, erklärte Arabella. »Wenn die Taube startet, braucht man einfach nur an denjenigen zu denken, der den Brief bekommen soll, und schon fliegen sie automatisch zum Empfänger.«

»Ist ja irre ... Aber wozu soll das gut sein? Man kann doch eine E-Mail schicken oder einen Brief schreiben oder anrufen ...«, überlegte Konrad.

»Aber niemals ohne Adresse oder Telefonnummer!«, erwiderte Arabella. »Das ist ja gerade das Besondere an *Columba telepathica*. Wenn es tatsächlich funktioniert, kann man Botschaften an jemanden verschicken, ohne zu wissen, wo er ist!«

Konrad war beeindruckt. Zu dumm, dass Arabella den Trank nicht schon vor Jahren entdeckt hatte. Dann hätten sie einfach eine telepathische Taube an Milli schicken können, und sie hätten sich viel früher kennengelernt!

Als sie die erste Taube aus dem Käfig holten, entdeckte Konrad am linken Fuß des Vogels das kleine Röhrchen, in dem der Brief steckte. Arabella hielt die Taube einen Moment lang fest und schloss die Augen, um sich zu konzentrieren. »Jetzt denke ich an die Mizzi Stadlhuber«, murmelte sie. »An die Mizzi, die Mizzi, die Mizzi.«

Mizzi Stadlhuber war eine sehr alte Freundin von Arabella.

»Die Mizzi wohnt in der Nockerlgasse 13 in Wien, das

weißt du doch«, sagte Konrad verwundert.

»Pscht!«, zischte Arabella. »Das ist heute nur ein Testflug. Damit ich weiß, ob's funktioniert.«

»Ach so.«

Sie öffnete die Augen wieder und ließ den Vogel los.

Die telepathische Taube schoss in hohem Bogen in den Himmel, wie die Leuchtrakete eines Schiffs in Seenot. Wegen der hohen Geschwindigkeit blieb ihr keine Zeit, die Flügel zu benutzen. Sie wirbelte durch die Luft, als würde sie von einem unsichtbaren Staubsauger angezogen, und schlug dabei einen Purzelbaum nach dem anderen. Eigentlich sah es nicht so sehr nach Fliegen aus, fand Konrad. Eher wie eine Taube in der Waschmaschine.

»Ach du meine Güte!«, keuchte Arabella. Ihre Hand fuhr erschrocken Richtung Mund. »Ich glaub, ich hab es falsch dosiert. Das war zu viel.«

»Aber dadurch kommt sie schneller an«, sagte Konrad und sah der Taube nach, die inzwischen nur noch ein kleiner Punkt am Horizont war. Ein kleiner Punkt auf dem Weg nach Wien. »Darf ich auch eine verschicken?«

Arabella nickte, holte ihre Handtasche aus der Streifenente und kramte Stift und Zettel hervor.

Konrad schrieb:

Lieber Ivo,
das hier ist ein Test! Wenn Du diese Botschaft bekommst, dann ruf mich unbedingt an, ja?
Viele Grüße von Konrad.

Sie steckten den Brief in ein Röhrchen, befestigten es am Fuß der nächsten Taube, und Konrad dachte mit geschlossenen Augen dreimal ganz fest an Ivo. Dann ließ er die Taube los.

Diesmal ging alles noch viel schneller. Mit einem heulenden Pfeifton schoss der Vogel wie eine Silvesterrakete in die Luft und nahm Kurs auf die Hochhaussiedlung, in der Ivo wohnte.

»Genial!«, rief Konrad begeistert. »Ich glaube, es klappt!«

»Bitte erzähl Vera noch nichts davon«, sagte Arabella. »Ich will die Testphase erst mal abschließen. Wenn alles so funktioniert, wie es soll, kann sie den Trank benutzen, um Botschaften an Renaldo zu verschicken. Der ist zurzeit nämlich schwer zu erreichen.«

Nacheinander schickten sie auch die restlichen

achtzehn Tauben auf ihre Reise, und Konrad fand, dass es tausendmal besser war, als Drachen steigen zu lassen. Die Tauben jagten in alle Himmelsrichtungen davon, ihr Rauschen und Pfeifen ließ die Luft vibrieren, und der Wind auf dem Drachenberg zerrte an Arabellas Locken, die zu tanzen begannen wie rote Kobraschlangen.

Sie lachten, als die letzte Taube nach Bern aufbrach. Sie flog viel langsamer als alle anderen und machte von Zeit zu Zeit einen komischen kleinen Hüpfer, als hätte sie Schluckauf.

»Tolles Rezept!«, lobte Konrad. »Woher hast du es?«

Arabella strich ihm liebevoll übers Haar. »Aus der Stadtbibliothek, mein Schatz«, sagte sie. »Ich hab's dreimal abgeschrieben. Zur Sicherheit.«

Die Supermami

Als die Streifenente eine halbe Stunde später mit quietschenden Bremsen vor Arabellas Kräuterladen hielt, saß Ivo lachend auf der kleinen Treppe und winkte. Auf seiner linken Schulter hockte die telepathische Taube.

»Hallo, Konrad!«, rief er. Die Taube gurrte verliebt und schmiegte sich an seinen Hals.

Ivo konnte wirklich verblüffend gut mit Tieren umgehen. Auf seiner anderen Schulter hockte Krax, der sich alle Mühe gab, ebenfalls zu gurren, und ihn zärtlich am Ohrläppchen zupfte. Das tat er sonst nur bei Konrad oder Arabella.

»Fantastisch, es funktioniert!«, rief Arabella begeistert und sprang aus dem Wagen. »Das muss ich Vera unbedingt erzählen!« Sie war völlig aus dem Häuschen, denn ihre Wundermittel wirkten sonst leider ziemlich selten.

»Was funktioniert?«, erkundigte sich Ivo, und Konrad und Arabella erklärten ihm rasch, dass die Brieftaube sich per Gedankenübertragung steuern ließ.

»O ja, es hat sogar fast zu gut funktioniert«, sagte er. »Ich war gerade auf dem Balkon, da ist sie mit voller Wucht gegen meinen Kopf geknallt!« Er deutete auf das Pflaster, das auf seiner sonst makellosen flaumbedeckten Glatze klebte. Offenbar hatte der Taubenschnabel ihn verletzt.

»O Gott, das tut mir leid«, entschuldigte sich Arabella.

»Macht ja nichts ... Konrad, kommst du mit zum Seemannsfriedhof?«

»Was willst du da denn?«

»Nur ein paar Geister interviewen ... Hat was mit meinem neuen Beruf zu tun«, fügte Ivo geheimnisvoll hinzu.

»Schon wieder ein neuer?« Konrad lachte. Früher waren ihm Ivos Geistergespräche immer sehr unheimlich vorgekommen, aber inzwischen hatte er sich daran gewöhnt und gruselte sich überhaupt nicht mehr. Vielleicht weil Ivo sich mit Geistern genauso normal unterhielt wie mit anderen Leuten.

Der Seemannsfriedhof lag in der alten Hafenstadt, und bis dahin war es eine Weltreise. Außerdem fuhr der Bus zum alten Hafen nur alle halbe Stunde.

»Ich bringe euch hin!«, verkündete Arabella und ging schnell ins Haus, um ein paar belegte Brote zu machen, die Ivo als Proviant für die Expedition in seinem Rucksack verstaute.

Dann kam der schwierige Moment, in dem die Taube und Krax sich von Ivo trennen mussten. Sie protestierten gurrend und krächzend, und zu guter Letzt musste Arabella ein wenig nachhelfen, damit sie endlich in die Streifenente steigen konnten.

Minuten später brausten die drei die Parkstraße hinunter, die am Planetarium vorbeiführte.

»Schieß los«, sagte Konrad. »Welchen neuen Beruf hast du dir ausgesucht?«

»Schatzsucher«, verkündete Ivo.

»Schatzsucher?« Konrad starrte ihn entgeistert an. »Wieso denn Schatzsucher?«

»Das hat Zukunft«, mischte sich Arabella ein und warf ihnen im Rückspiegel einen kurzen Blick zu. »Es gibt noch sehr viele unentdeckte alte Schätze ... Man muss bloß rauskriegen, wo sie sind!«

»Genau.« Ivo nickte. »Und dazu könnte ich doch die Seefahrer auf dem Seemannsfriedhof befragen. Die kennen sich vielleicht mit alten Schätzen aus.«

»Gute Idee«, lobte Arabella.

»Total bescheuert!«, blaffte Konrad.

Ivo sah ihn stirnrunzelnd an. »Wieso?«

»Warum soll dir denn irgendwer verraten, wo ein Schatz liegt? Nicht mal Geister sind so blöd!«

»Hm«, machte Ivo. »Mal sehen.«

Konrad wusste selber nicht, warum er plötzlich so ärgerlich auf Ivo war. Fast bereute er es schon, sich überhaupt auf diese Unternehmung eingelassen zu haben. Er starrte eine Weile schweigend aus dem Fenster.

Draußen flog die Landschaft vorbei. Erst der Stadtpark mit dem Planetarium, dann eine vornehme Villengegend, dann Wiesen und Felder, und schließlich tauchte die Brücke auf, die über den Kanal ins verlassene alte Hafenviertel führte.

Arabella hielt an der Bushaltestelle vor der Brücke und ließ sie aussteigen. »Viel Glück!«, rief sie. Dann brauste sie winkend davon.

Vor ihnen erhoben sich die Ruinen der alten Hafengebäude. Große Speicher aus Ziegelstein, mit finsteren glaslosen Fenstern: unzählige Reihen schwarzer Rechtecke, manche eingerahmt von scharf gezackten Scherben. Ein Stück weiter den Kanal hinauf begannen die schnurgeraden Straßen mit den kleinen Häusern der Hafenarbeiter. Konrad war schon ewig nicht mehr hier gewesen. Alles wirkte noch viel trostloser, als er es in Erinnerung hatte.

Er und Ivo überquerten die breite Brücke, stapften ein Stück die Uferböschung entlang und bogen schließlich in eine schmalere Nebenstraße ein, die zum Friedhof führte. Sie schlenderten an einer Häuserzeile entlang. Von den kleinen morschen Türen hing die Farbe in Fetzen herunter. Auf dem Bürgersteig ragten in regelmäßigen Abständen kaputte Gaslaternen in den Himmel, manche schon ein wenig schief – wie eine Garde alter Soldaten, die trotz Rückenschmerzen versuchten strammzustehen.

Den Seemannsfriedhof umgab ein schnörkeliger schmiedeeiserner Zaun, und der Eingang war ein hohes, efeuumranktes Gittertor mit einer kleinen Pforte, die sich quietschend öffnen ließ.

»Weißt du überhaupt, wen du fragen willst?«, erkundigte sich Konrad.

Ivo schüttelte den Kopf und blieb gleich am ersten Grabstein stehen. »Das ist ganz egal. Geister erzählen nämlich gern, weißt du? ... Die meisten jedenfalls. Sie freuen sich, wenn man mit ihnen spricht!«

Konrad musste daran denken, dass Arabella sich beim Gießen immer mit ihren Pflanzen unterhielt. »Das mögen sie«, hatte sie ihm erklärt. Allerdings hatten die Blumen bisher noch nie geantwortet.

Eberhard Meringer, Matrose zur See stand auf dem Stein. Darunter war ein großer Anker eingraviert.

Ivo kramte in seinem Rucksack und drückte Konrad einen Notizblock in die Hand, an dem ein Kuli baumelte. Dann ließ er sich im Schneidersitz auf den Boden nieder, stellte eine kleine Kerze auf und schloss die Augen, um sich zu konzentrieren.

»Guten Tag, Herr Meringer«, sagte er, fast so, als würde er einen alten Bekannten begrüßen.

Im nächsten Moment tönte eine fremde tiefe Männerstimme aus seinem Mund! Konrad war jedes Mal wieder verblüfft.

»Oh, Besuch«, sagte die Stimme. *»Mit wem habe ich die Ehre?«*

»Mit Ivo Murmanski, einem Schatzsucher«, erklärte Ivo.

»Wie interessant. Schon was gefunden?«

»Nein, aber vielleicht wissen Sie ja, wo wir am besten suchen sollen.«

»Im Wasser oder an Land?«

»Lieber an Land. Im Moment schaffe ich's leider nicht, länger als fünfzehn Sekunden zu tauchen.«

»Hm. Da fragst du besser die beiden Admiräle«, schlug der Matrose vor. *»Admiral Ernst Ludwig von Seesen, drei Reihen weiter hinten. Und dieser andere, gleich daneben. Seinen Namen hab ich leider vergessen …«*

Ivo deutete auf den Notizblock, und Konrad notierte: *Admiral von Seesen, drei Reihen weiter hinten. Der zweite Admiral daneben.*

»Vielen Dank, Herr Meringer.«

»Könntest du diesen umgefallenen Engel wieder aufstellen? Das stört mich schon seit hundert Jahren.«

»Natürlich.« Ivo tat es, und dann verabschiedeten sie sich.

Auf Admiral von Seesens Grabstein prangte eine alte braunstichige Fotografie. Das Bild zeigte einen ernst dreinblickenden älteren Herrn mit Schnurrbart und einer schicken Uniform, an der viele Orden hingen.

Der Admiral schien sich tatsächlich besser auszukennen.

»Schätze?«, rief er. *»Und ob ich was über Schätze weiß! Ich war 1856 beim Gefecht mit den Riffpiraten in Marokko dabei! Das waren noch Zeiten!«*

»Toll«, sagte Ivo. »Und können Sie uns sagen, ob diese Riffpiraten irgendwo einen Schatz versteckt haben?«

Admiral von Seesen stieß ein verächtliches Schnauben aus. *»Das werde ich ausgerechnet dir verraten!«*

»Na bitte, ich hab's doch gesagt!«, rief Konrad triumphierend.

»Was war das denn?«

»Nichts, Herr Admiral ... Vielen Dank, Herr Admiral.«

Aber der Admiral schien das Gespräch bereits beendet zu haben, denn er antwortete nicht mehr.

Ein paar Schritte weiter rechts lag ein umgekippter Grabstein, mit der Schrift nach unten. »Das ist bestimmt der andere«, sagte Ivo. »Kannst du den Stein mal kurz hochheben, Konrad?«

»Spinnst du? Der ist doch viel zu schwer. Da brech ich mir den Rücken!«

Ivo runzelte die Stirn. »Ich meinte doch, mit Gedankenkraft, nicht mit den Händen.«

Konrad zuckte erschrocken zusammen und dachte daran, wie schwer es ihm gefallen war, sich auf Arabellas Glitzersterne zu konzentrieren ... Sie hatten sich kaum bewegt, und nun sollte er einen zentnerschweren Grabstein heben! Er würde sich total blamieren!

»Und wozu?«

»Damit ich seinen Namen sehen kann. Wenn man den

weiß, ist es viel, viel einfacher, eine Verbindung herzustellen ...«, erklärte Ivo geduldig. »Was ist denn los mit dir?«

»Was los ist?« Irgendetwas durchzuckte Konrads Körper, wie ein glühend heißer Lavastrom, der aus den tiefsten Tiefen eines Vulkans nach oben schoss ... »Du kommandierst mich hier die ganze Zeit herum, das ist los!«, rief er. »Mach deinen Kram doch allein!«

Er warf Ivo den Notizblock vor die Füße, machte auf dem Absatz kehrt und rannte davon, ohne sich noch einmal umzudrehen. Den Kiesweg zurück bis zum Efeutor, dann die Straße hinunter und an den verfallenen Wohnblocks und den Gaslaternen vorbei. Konrad rannte und rannte, und es kam ihm wie eine Ewigkeit vor. Einmal hörte er Ivos Stimme hinter sich, aber sie klang weit entfernt und so leise, dass die Worte nicht zu verstehen waren.

Im Laufen sah er links einen kurzen dunklen Gang, der zwischen zwei hohen Gebäuden zur nächsten Straße führte. Er schlüpfte hindurch und erblickte rechts den Kanal mit der Brücke und der Bushaltestelle. Direkt vor ihm ragte das Arkana-Zentrum auf – die Schule für Kinder mit übersinnlichen Fähigkeiten, in der er letztes Jahr Ivo und Milli kennengelernt hatte ...

Gerade näherte sich drüben auf der Landstraße der Hunderter, der in die Stadt zurückfuhr!

Konrad sprintete über die Brücke, erreichte die Haltestelle genau rechtzeitig und sprang in den Bus.

Zischend schloss sich die Tür hinter ihm, und der Bus fuhr rumpelnd an. Konrad stolperte bis nach hinten durch, ließ sich auf die Rückbank fallen und schaute durch das Heckfenster.

Ivo erreichte eben erst keuchend das Ende der Brücke. Seine Hände umklammerten die beiden Schultergurte seines schweren Rucksacks. Er blieb stehen und starrte dem Bus hinterher. Eine Sekunde lang trafen sich ihre Blicke, dann wandte Konrad sich ab und schaute nach vorn.

Die ganze Fahrt über hatte er ein beklommenes Gefühl. Ivo war wirklich ein guter Freund, und trotzdem spürte Konrad eine seltsame Wut, die er sich nicht erklären konnte. Er merkte nur, dass Ivos Geister ihm plötzlich furchtbar auf die Nerven gingen. Und seine Berufspläne ebenfalls. Für Ivo schien das Ungewöhnliche total gewöhnlich zu sein. Und ärgerlicherweise funktionierte es auch jedes Mal. Konrad hätte es viel besser gefunden, wenn Ivo wenigstens ab und zu dieselben Schwierigkeiten gehabt hätte wie er. Aber Ivos Geistergespräche waren leider immer erfolgreich.

Er seufzte und merkte, dass er unbedingt mit jemandem darüber reden musste. Aber mit wem? Auf keinen Fall mit Ivo. Und schon gar nicht mit Arabella. Sie würde bestimmt furchtbar enttäuscht sein, wenn er ihr erzählte, dass seine magischen Kräfte nachließen.

Zum Glück war Arabella an diesem Abend nicht zu Hause. Sie war mit Vera zu einem Vortrag über Luftschokolade gegangen, also konnte Konrad ganz ungestört schlechte Laune haben. Und außerdem konnte er fernsehen, und zwar, was er wollte.

»Krax, komm endlich da runter!«, rief er zum Küchenschrank hinauf, wo der Rabe immer noch mit seinem Krimi hockte. Er wirkte ziemlich unglücklich.

»Los, wir gucken zusammen fern!«

Aus dem Brotkorb kam keine Reaktion.

»Ich mach auch eine Tüte Kartoffelchips auf. Die mit Käsegeschmack!«

»KRAH!«

Wie ein Torpedo schoss Krax zum Küchenregal hinüber und zog in Sekundenschnelle die richtige Tüte heraus. Käsechips waren seine Leidenschaft.

Sie machten es sich im Wohnzimmer auf dem Blümchensofa bequem, Konrad auf dem Sitzpolster und Krax neben ihm auf einem Kissen. Er konnte im Sitzen ganz hervorragend mit nur einer Kralle einen Käsechip festhalten – ohne zu wackeln!

Als der Fernseher lief, begann Krax zu zwinkern.

»Hier, deine Brille!« Der Rabe drehte ihm den Kopf zu, und Konrad setzte sie ihm behutsam auf.

Gerade marschierte auf dem Bildschirm eine energische kleine Dame im eleganten dunklen Kostüm ein altes Treppenhaus hinauf und klingelte im ersten Stock. Auf dem schwarzen Aktenkoffer, den sie in ihrer rechten Hand hielt, stand in roten Buchstaben SUPERMAMI.

Konrad kannte die Sendung. Die Supermami besuchte Familien mit unglücklichen Eltern und Kindern, die sich den ganzen Tag nur stritten. Und dann schaffte sie es jedes Mal, dass die Familien wieder glücklich wurden und aufhörten zu streiten – wie durch Zauberei.

Als die Tür sich öffnete, senkte die Dame mit dem Aktenkoffer den Kopf und sagte: *»Hallo, Kleine, darf ich reinkommen?«*

Konrad wollte gerade umschalten, da tönte aus dem Fernseher eine helle Stimme, die ihm merkwürdig bekannt vorkam.

»Hau ab! Du bist langweilig und blöd!«

Die Haustür knallte zu, und die Supermami, die schon einen kleinen Schritt vorgetreten war, rieb sich fluchend die Nase.

In der nächsten Szene war eine weinende Mutter in der Küche zu sehen. Und neben ihr saß ein Mädchen mit kinnlangen schnurgeraden Haaren.

Es war tatsächlich Gesine!

Konrad und Krax guckten sich verdutzt an.

»Was ist denn das Problem?«, erkundigte sich die Supermami, die am Kühlschrank lehnte.

»Im letzten halben Jahr mussten wir dreimal umziehen, weil sie von jeder Schule fliegt!«, schluchzte Gesines Mutter verzweifelt. *»Sie kommandiert ständig alle herum! Und sie kriegt einfach immer ihren Willen, immer!«*

Gesine verdrehte genervt die Augen.

»Ich merk das schon gar nicht mehr, dass ich dauernd mache, was sie will. Ich bin wie ferngesteuert.«

»Ferngesteuert!«, lachte die Supermami. *»Ich glaube, das bilden Sie sich ein.«*

»Ich hab Durst«, maulte Gesine.

»Hier wird sich eine Menge ändern«, sagte die Supermami, während sie Gesine ein Glas Cola eingoss.

»Und Hunger hab ich auch!«

»So geht es jedenfalls nicht weiter«, fuhr die Supermami fort und kramte in ihrer Handtasche. *»Keks oder Schokolade?«*

»Beides.«

Die Supermami reichte ihr einen Schokoriegel und eine Packung Kekse.

»Und ich will endlich ein Haus mit Swimmingpool!«

Konrad hielt gespannt die Luft an.

»Aber dafür reicht unser Geld nicht!«, rief Gesines Mutter verzweifelt.

Die Supermami bedachte Gesine mit einem sehr ernsten Blick und sagte: *»Wir zwei werden uns jetzt einmal unterhalten.«*

Gesine stand vom Tisch auf, machte zwei Schritte auf die Supermami zu und begann plötzlich zu schwanken. Ein paar

Sekunden lang klapperten ihre Augendeckel, dann sank sie mit einem Röcheln auf die kalten Fliesen.

Konrad vergaß den Käsechip in seiner Hand und erstarrte.

Die Supermami hatte einen spitzen Schrei ausgestoßen und warf sich neben Gesine auf den Küchenboden.

»Einen Arzt, wir brauchen einen Arzt!«, rief sie völlig außer sich. *»Tun Sie doch was! Was sitzen Sie da rum?«*

Gesines Mutter griff in aller Seelenruhe nach einem Papiertaschentuch und putzte sich ausgiebig die Nase. *»Regen Sie sich wieder ab.«* Ihre Miene verfinsterte sich. *»Das macht sie dauernd, wenn ihr irgendwas nicht passt ... Jeden Tag mindestens fünfzehn Mal.«*

Dr. Wudu

Am Montagmorgen wunderte Arabella sich beim Frühstück, dass Konrad überhaupt nichts sagte. Nicht mal ihre fantastischen Spezialspiegeleier wollte er essen.

»Du wirst mir doch nicht etwa krank?«, fragte sie besorgt und befühlte seine Stirn.

»Nein, alles okay«, brummte Konrad. Er pikte mit der Gabel in ein Eigelb, sodass es auslief. Ein zähflüssiges gelbes Rinnsal kroch über den Tellerrand und tropfte auf den Tisch.

»Morgen kommt doch Milli!«, sagte Arabella aufmunternd. »Freust du dich denn gar nicht?«

»Doch, klar.« Er versuchte zu lächeln, aber es wirkte offenbar nicht sehr überzeugend.

»Du liebe Güte«, seufzte Arabella. »Krax hat schlechte

Laune, du hast schlechte Laune … Was ist in letzter Zeit nur los?« Sie drückte ihm einen Kuss auf die Wange. »Ich muss den Laden aufschließen …«

Eilig lief sie die Treppe hinunter.

Konrad pikte in ein zweites Eigelb und überlegte, ob er Ivo anrufen sollte. Aber was sollte er sagen? Ivo würde ihn bestimmt fragen, warum er abgehauen war, aber genau darüber wollte Konrad ja nicht sprechen.

Oder sollte er ihm etwas schenken? In der Nähe vom Rathausplatz gab es in einer Gasse einen schummerigen verwinkelten Laden, den Ivo über alles liebte. Das Geschäft hieß *Gruft und Grusel* und war bis unter die Decke vollgestopft mit scheußlichen Monstermasken, glibberigen Gummihänden, Perücken und Umhängen. Konrad fand den Laden ziemlich muffig und mochte den ganzen Horrorkram nicht besonders. Aber das Praktische war, dass er niemals lange überlegen musste, was er Ivo zu Weihnachten oder zum Geburtstag schenken sollte – wenn er sein Geschenk bei *Gruft und Grusel* kaufte, freute Ivo sich auf jeden Fall.

Konrad ging nach oben in sein Zimmer und zählte nach, wie viel Taschengeld er noch hatte. Für eine Totenkopfspardose oder ein Geisterquartett reichte es auf jeden Fall …

»Bin kurz weg!«, rief er, als er im Erdgeschoss ankam. Arabella hockte gerade hinter der Ladentheke und sortierte keuchend ihre Kräuterseifen. Ihre Haare und ihre Augen erschienen rechts von der Registrierkasse – sie blickte ihn fragend an.

»Ich geh nur schnell ein Geschenk besorgen … Für, äh, Milli.«

»Ach, Konrad! Wie lieb!« Die roten Locken tauchten wieder ab.

Auf dem Rathausplatz wimmelte es von Straßenmusikanten und Skatern mit dicken Knieschützern. Unter gestreiften Sonnenschirmen saßen Ferienkinder mit ihren Eltern und löffelten Eisbecher, und ein Mann in einem pechschwarzen Kurt-Kostüm verteilte Gratiskarten für den Zoo. Er tat Konrad wirklich leid, denn in dem dicken Krokodilanzug musste ihm schrecklich heiß sein, und das Gehen fiel ihm ziemlich schwer, weil er den langen Krokodilschwanz hinter sich herschleifte.

Konrad wollte gerade in die Gruselgasse einbiegen, als eine indisch aussehende Frau auf ihn zutrat. Sie war eingehüllt in bunte Tücher, hatte einen dicken roten Punkt auf der Stirn, und ihre Haare waren so ungeheuer lang, dass sie den Rücken bedeckten wie ein schwarzer Umhang.

»Heilung, Heilung!«, rief sie, drückte ihm einen Zettel in die Hand und wiegte sich dabei in den Hüften, als würde sie sich zu einer Musik bewegen, die nur sie selbst hörte. »Heilung!« Sie tanzte zu einer Frau hinüber, die gerade eilig vorbeiging, und steckte ihr ebenfalls einen Zettel zu.

Konrad starrte den Zettel verdutzt an und las:

HEILUNG! HEILUNG! HEILUNG!
Hast du Probleme mit deinen Energien?
Nutzt du deine spirituellen Fähigkeiten?
Dr. Wudu kann dir helfen!
Dr. Wudu wird dich heilen!

Darunter waren eine Adresse und die Telefonnummer der Praxis des Heilers angegeben.

Konrad faltete den Zettel zusammen und steckte ihn in seine Hosentasche. Wie praktisch, dachte er. Vielleicht ist das genau die Sorte Arzt, die ich brauche. Ein Arzt, der sich mit Telekinese auskennt und mir sagen kann, was ich falsch mache. Das Gute daran wäre, überlegte er, dass er Ivo nichts von seinen Problemen erzählen musste. Er konnte sich von Dr. Wudu einfach ganz schnell heilen lassen, und danach würden seine Gedanken wieder genau das tun, was er wollte.

Ihm fiel ein, dass Ärzte ja auch Geld verdienen mussten und dass sein Taschengeld für einen Arztbesuch bestimmt nicht reichte. Aber Arabella trug in ihrer Schlangentasche eine kleine Plastikkarte mit sich herum, mit der sie beim Arzt immer bezahlte. Vielleicht konnte er sich die Karte einfach leihen?

Gruft und Grusel hatte noch geschlossen, und auf dem Schild an der Tür stand, dass der Laden erst in einer Stunde aufmachte!

Konrad warf einen neugierigen Blick ins Schaufenster. In der Mitte stand ein kleines Fallbeil, in dem ein blutiger Plastikfinger steckte. Das perfekte Geschenk für Ivo, nur leider viel zu teuer. Davor lagen zwei Pappskelette zum Selberbauen. Blöderweise trug jeder Knochen eine kleine Nummer, deswegen wirkte es nicht besonders echt.

Gleich neben *Gruft und Grusel* war an der Hauswand eine große Reklametafel für Plakate angebracht. Manche waren zur Hälfte überklebt, andere bestanden nur noch aus Fetzen.

Genau in der Mitte hing das Bild eines Mannes mit wildem Blick. Er trug einen langen wallenden Vollbart, hatte einen Turban auf dem Kopf, und seine Augen waren mit dicken Strichen schwarz umrandet – wie bei dem Pharao in Konrads Buch über die Könige im alten Ägypten.

DR. WUDU KANN DICH HEILEN!

stand in großen Buchstaben über dem bärtigen Gesicht.

Komm in meine Praxis, nur 50 Meter von hier!
Rechts abbiegen, links abbiegen, rechts abbiegen.
Jetzt neu! Montags, mittwochs, freitags von 9 bis 12 Uhr:
kostenlose Kindersprechstunde!

Konrads Herz machte einen Hüpfer. Er sah auf die Uhr. Bis *Gruft und Grusel* aufmachten, blieb ihm noch genügend Zeit!

Er bog rechts ab, an der nächsten Kreuzung links, und gleich wieder rechts.

Ein paar Minuten später stand er vor einem prächtigen alten Haus. Eine Treppe führte zu einer ungeheuer großen Holztür hinauf, neben der zu beiden Seiten hohe Steinsäulen aufragten.

Praxis Dr. Wudu las Konrad auf dem schimmernden Messingschild neben dem Eingang.

»Guten Tag«, begrüßte ihn eine Kinderstimme, als er hereinkam. Konrad stutzte und runzelte die Stirn, denn vor ihm saß an der Anmeldung keine Sprechstundenhilfe wie bei anderen Ärzten, sondern ein Junge, ungefähr in Konrads Alter. Seine Frisur war ziemlich merkwürdig. Die Haare sahen aus wie feine Drähte und standen nach allen Seiten ab, allerdings nicht gerade, sondern wie vielfach gezackte Blitze, als hätte sich jemand die Mühe gemacht, jedes einzelne Haar tausendmal zu knicken.

»Ich helf hier nur aus«, sagte der Junge, noch ehe Konrad irgendetwas gesagt hatte. »Dein Name bitte?«

»Konstantin Koriander«, antwortete Konrad zu seiner eigenen Überraschung wie aus der Pistole geschossen – es musste ja wirklich nicht gleich jeder wissen, dass Konrad Kerbel, der große Telekinesekünstler, ein Problem hatte!

Während der Junge ihn in die Kartei eintrug, fiel Konrad auf, dass er hauchdünne weiße Gummihandschuhe trug, wie die Wurstverkäuferin bei Arabellas Metzger.

»Wozu brauchst du denn die Handschuhe?«, fragte er neugierig.

»Ich bin allergisch«, erklärte der Junge kurz und knapp. »Du kannst im Kinderwartezimmer Platz nehmen, zweite Tür rechts.«

Das Wartezimmer war leer, und es gab keine Stühle, sondern nur bunte Sitzkissen, die auf dem Boden lagen. Konrad setzte sich und rümpfte die Nase. Der süßliche Duft nach Räucherstäbchen hing in der Luft, aber es war nicht auszumachen, wo er herkam. Bunte Bilder von Tempeln mit silbernen Dächern schmückten die Wände, und in einer Ecke des Raumes stand eine interessante Figur, die zu tanzen schien:

ein barfüßiger halb nackter Mann mit vier Armen, wahrscheinlich ein indischer Gott.

Gegenüber von Konrads Platz befand sich eine große Tür mit dem Bild eines bunten Elefanten, der nach vorn blickte.

Konrad überlegte gerade, wie lange er sich wohl noch gedulden musste, da schwangen die beiden Flügel der großen Tür auf, der Elefant klappte in der Mitte auseinander, und es erschien Dr. Wudu.

Er war sehr groß. Sein schimmernder grüner Mantel reichte ihm bis zu den Füßen hinab, und die Spitzen seiner Schuhe sahen aus wie zwei schnörkelige Lakritzschnecken.

Dr. Wudu wedelte mit der Hand, was wohl bedeuten sollte, dass Konrad eintreten durfte.

Das Untersuchungszimmer wirkte vollkommen anders als das knallbunte Wartezimmer. Die Wände waren weiß, überall standen Apparate mit unzähligen Knöpfen und Schaltern, und Konrad nahm auf einem ganz normalen Stuhl Platz.

»Sag nichts!« Dr. Wudus Stimme klang so abgrundtief, dass in Konrads Körper plötzlich alles zu vibrieren begann und er Magengrummeln bekam. Wie sollte er, ohne zu sprechen, denn erzählen, was ihm fehlte?

Dr. Wudu setzte ihm einen Helm auf, der durch zwei Kabel mit einem Gerät verbunden war. Dann schaltete er es ein, ein Summen ertönte, und Konrad spürte ein leichtes Kribbeln hinter den Ohren.

Das Summen verwandelte sich in einen schrillen Pfeifton. Oben auf dem Gerät drehte sich ein kleiner Propeller immer schneller, und an der Vorderseite begannen zwei zitternde

Nadeln heftig auszuschlagen. Es gab einen lauten Knall. Der Propeller flog zischend in die Luft, prallte an der Decke ab und landete klackernd in einer großen Bodenvase neben Dr. Wudus Schreibtisch.

»Oh«, sagte Dr. Wudu. »Du hast ein Problem mit Telekinese.«

Konrad riss vor Staunen den Mund auf.

»Sag nichts!« Dr. Wudu deutete auf die Bodenvase, in der

der Propeller gelandet war. »Und nun stell dir bitte vor, dass diese Vase da drei Meter über dem Fußboden schwebt!«

Konrad tat es, aber nichts geschah.

Dr. Wudu zückte eine kleine, feine Akupunkturnadel und bohrte sie in Konrads linkes Ohr.

»Aua!« Ein unangenehmes Gefühl, das ihm irgendwie bekannt vorkam, schoss vom Magen in seinen Kopf hinauf. Wie ein Stromschlag, der sein Gehirn durchzuckte und alle wichtigen Schaltkreise schlagartig lahmlegte.

»Und jetzt bitte noch mal«, sagte Dr. Wudu.

Die schwere Vase hob ab wie eine Rakete und bremste gerade noch rechtzeitig unterhalb der Decke!

»Verdammt, das pikt!« Konrad zog sich die Nadel aus dem Ohr, und die unangenehme Taubheit in seinem Kopf verschwand augenblicklich.

Die Vase fiel zu Boden und zersprang in tausend Scherben.

Dr. Wudu schloss kurz die Augen. Und als er sie wieder aufschlug, begann der lange Bart des Heilers so heftig zu zittern, als würde unter seinen Schnörkelschuhen genau in diesem Moment ein kleines Erdbeben losbrechen. »Habe ich dir gesagt, dass du die Nadel herausziehen sollst?«, zischte er zwischen den Zähnen hervor. »Habe ich dir das gesagt?« Sein Blick wurde seltsam kalt und starr, und zwei schreckliche Sekunden lang hatte Konrad das Gefühl, in die Augen einer Pythonschlange zu blicken und sich keinen Millimeter mehr bewegen zu können ... Es war wie bei Gesine!

Die schwarz umränderten Augen schienen ihn plötzlich wieder loszulassen. Dr. Wudu schritt zu seinem Schreibtisch hinüber und öffnete eine mit kunstvollen Schnitzereien verzierte Holzschatulle. Seine Hand glitt hinein, zog einen goldenen Briefumschlag heraus und überreichte ihn Konrad.

»Ich kann dir helfen, wenn du möchtest«, sagte er. »Denk darüber nach. Und wenn du meine Hilfe brauchst, dann öffne diesen Umschlag.«

»Okay«, sagte Konrad. Im Moment verspürte er nur einen Wunsch: die Praxis so schnell wie möglich wieder zu verlassen.

»Verliere ihn nicht«, ermahnte ihn Dr. Wudu. »Er ist sehr wertvoll. Und zeige ihn niemandem!«

»Okay.« Konrad steckte den Brief in seine Hosentasche. Dann riss er hastig die Tür auf und rannte hinaus.

Rabenbriefe

Am nächsten Tag stand Arabella eine Stunde früher auf als gewöhnlich und hängte ihr *Wir machen Urlaub!*-Schild von innen an die Ladentür. Dann nahm sie ihre lange Malerleiter und brachte draußen ein Spruchband über dem Eingang an, darauf stand in großen Lettern: WILLKOMMEN MILLI! Rechts und links von der Schrift klebten zwei braune Pappkamele. Die hatte Arabella mit viel Mühe aus einem Karton ausgeschnitten, weil Milli die Wüste so liebte und unbedingt irgendwann einmal dort hinfahren wollte.

Millis Maschine landete erst am Nachmittag, also blieb Konrad noch genügend Zeit, um alles vorzubereiten.

Er hatte gerade die Gästematratze vom Speicher geholt und in sein Zimmer gelegt, als es klopfte. Das Klopfen klang eindeutig nicht nach Arabella, dafür war es viel zu zaghaft und zu leise.

»Wer ist da?«

Tim steckte seine Nasenspitze durch den Türspalt. »Hallo«, piepste er. »Darf ich reinkommen?«

Konrad fiel siedend heiß ein, dass er Tim ja versprochen hatte, ihm in den Ferien seine Modellflugzeuge zu zeigen. Bestimmt waren sie für heute verabredet, aber Konrad hatte es komplett vergessen. Er beschloss, sich nichts anmerken zu lassen, und begrüßte ihn mit einem Grinsen. »Klar.«

Tim machte drei Schritte ins Zimmer, dann blieb er stehen, vergrub die Hände in den Hosentaschen und sah sich um. Sein Blick fiel auf die Vogelschaukel, die über dem Bett von einem Deckenbalken herabhing.

»Wo ist denn dein Rabe? Den würde ich gerne noch mal sehen ... War echt toll, dein Referat!«

»Ehrlich?« Konrad spürte, wie seine Laune sich schlagartig besserte.

»Ja. Die spinnt doch, die Weber-Knecht!«

»Warte einen Moment«, sagte Konrad. »Ich bin gleich wieder da!«

Er lief die Treppe hinunter und sah in der Küche nach. Tatsächlich, Krax lag mal wieder in seinem Brotkorb und schnarchte leise vor sich hin.

»Aufstehen!«, rief Konrad. »Du musst deine Flugkünste vorführen!« Er rüttelte ihn wach.

Der Rabe schaute ihn wütend an und drehte den Kopf weg.

»Los jetzt!« Konrad stieg auf den Küchenhocker, packte Krax kurzerhand mit beiden Händen und klemmte ihn sich unter den Arm.

»Nun stell dich nicht so an. Tim will dich sehen!«

Krax kratzte und krähte und wehrte sich nach Leibeskräften. Aber Konrad hielt ihn unbarmherzig fest. Krax konnte ruhig auch mal etwas tun, anstatt den ganzen Tag nur faul herumzuliegen, fand er.

Oben angekommen, stieß Konrad mit dem Fuß die Tür hinter sich zu, damit Krax nicht hinauskonnte. Dann setzte er ihn auf die Vogelschaukel. Der Rabe sah aus wie ein kaputter Staubwedel, so zerzaust war er.

Tim starrte Krax entgeistert an.

»Manch...mal ist er etwas störrisch«, keuchte Konrad. »Aber er kann auch nett und brav sein. Früher haben wir immer gespielt, dass er mein Modellflugzeug ist, der *schwarze Tornado* ... Na los, Krax, flieg mal die Todesschraube!«

Der Rabe drehte ihnen beleidigt den Rücken zu.

»Lass ihn doch.« Tim wirkte verlegen. »Wenn er gerade keine Lust hat ...«

»Ach was, ein bisschen Bewegung kann ihm gar nicht schaden«, sagte Konrad und ging rückwärts bis zur Tür. »Also los jetzt! Dreimal um die Lampe und dann landest du auf meiner Schulter, klar? Und hopp!«

Krax machte »Phh!«, und drehte den Kopf zur Seite. Es war offensichtlich, dass er nicht beabsichtigte, auch nur eine Feder zu rühren.

Dann aber kippte er plötzlich von der Stange und begann mit komischen kleinen Hopsern durch die Luft zu segeln, wie eine auf den Wellen tanzende Flaschenpost bei stürmischer See. Der Rabe strampelte verzweifelt mit den Beinen, als würde er versuchen sich zu wehren, doch es war, als würde ein unsichtbarer Faden an ihm ziehen. Er trudelte quer durch das Zimmer auf Konrad zu und stieß mit dem Kopf gegen seine rechte Schulter.

»Aua, spinnt du?« Die scharfen Klauen hatten Konrads

T-Shirt durchbohrt. Krax klammerte sich verzweifelt an ihm fest, um nicht abzustürzen.

»Er ist geflogen, ohne die Flügel zu bewegen!«, rief Tim verdutzt.

Konrad pflückte Krax von seiner Schulter und setzte ihn auf den Boden. Er torkelte erst drei Schritte nach rechts und dann drei Schritte nach links – anscheinend war ihm ziemlich schwindelig.

»Merkwürdig.« Konrad riss das Fenster auf. »Ich frag mich gerade, ob ...« Er packte den armen Krax mit beiden Händen und hielt ihn vor die Fensteröffnung. Dann schloss er die Augen, murmelte dreimal: »Du fliegst zu Monalisa, zu Monalisa, zu Monalisa!«, und ließ ihn los.

»KRAAAAAAAAAaaaaaaaaaaaaaaaah!«

Wie eine pechschwarze Rakete schoss Krax in den Hof hinaus, schrammte haarscharf am Dachfirst des gegenüberliegenden Hauses vorbei und schlingerte nach rechts, Richtung Innenstadt. Sein krächziges Geschrei wurde leiser und leiser und verstummte schließlich ganz.

»WOW!«, sagte Tim beeindruckt.

»Schnell, komm mit!«, rief Konrad und griff nach Tims Arm.

Sie rannten die Treppen hinunter. Unten im Wohnzimmer stürzte Konrad zum Telefon und wählte hastig Monalisas Nummer.

»Was sagst du, ich soll das Fenster aufmachen?«, tönte Lisas Stimme durch die Leitung. »Warum denn? Außerdem ist es sowieso offen, Mona gießt gerade ...«

Irgendwo im Hintergrund gellte plötzlich ein Schrei, so laut, dass sogar Tim zusammenzuckte. Dann meldete sich Lisas Stimme wieder.

»Konrad, ich muss Schluss machen. Bei uns ist gerade ein Vogel reingeflogen, der sich in Monas Haaren verfangen hat ...«

Mona kreischte immer lauter.

»Ist es Krax?«, fragte Konrad.

»Ist es Krax, Mona?«, brüllte Lisa nach hinten.

Das Kreischen hörte auf.

»Stell dir vor«, schnaufte Lisa Konrad ins Ohr. »Es ist tatsächlich Krax. Woher wusstest du das?«

Eine halbe Stunde später hielt Monalisas grasgrüner Opel vor Arabellas Laden. Die beiden stiegen aus und trugen den völlig erschöpften Krax herein. Er lag in einem mit Watte gepolsterten Schuhkarton und krächzte kläglich vor sich hin.

Arabella empfing ihn mit einem strengen Blick. »Hast du etwa von meinem neuen Trank getrunken?«

Der Rabe schüttelte den Kopf.

»Und wie kommt das hier dann in deinen Brotkorb, hm?« Sie hielt ein leeres grünes Fläschchen in die Höhe.

Der Rabe zuckte mit den Flügeln.

»Aber ist das nicht ein *Lingua Magica*-Fläschchen?«, fragte Konrad. »Es ist doch grün.«

Krax nickte eifrig.

»Ich hatte nicht genügend blaue«, erklärte Arabella. »Deswegen habe ich den neuen Trank auch in ein paar grüne

Fläschchen gefüllt. Und *Columba telepathica* wirkt leider nicht nur bei Tauben, sondern auch bei Krähen ...«, ihre Stimme wurde wieder streng, »... und bei *Raben*!«

Einen Moment lang starrte Krax das leere Fläschchen entgeistert an. Dann schloss er die Augen und ließ den Kopf hängen.

Jetzt begriff Konrad auch, warum der Rabe in letzter Zeit so schlechte Laune hatte. Nachdem er den falschen Trank getrunken hatte, musste er in einen zweitägigen Tiefschlaf gefallen sein, genau wie die Tauben. Und nach dem Aufwachen hatte er dann gemerkt, dass er leider immer noch nicht sprechen konnte.

»Wir verstehen dich auch so«, tröstete ihn Arabella. Sie strich ihm zärtlich über das Gefieder. »Also brauchst du gar nicht sprechen zu lernen. Und du darfst nie wieder einen Trank zu dir nehmen, hörst du? Nie wieder! Wer weiß, wie der mit den anderen zusammen wirkt. Das ist lebensgefährlich!«

»Wir wollen doch lieber einen Raben mit Zeichensprache als gar keinen Raben!«, sagte Konrad.

Krax richtete sich in seiner Schachtel auf, hob seinen rechten Flügel und begann zu krächzen. Es schien eine längere Ansprache zu sein und klang sehr feierlich, aber man konnte leider nichts verstehen, kein einziges Wort.

»Wie bitte?«, fragte Arabella.

»Krächz doch ein bisschen deutlicher«, sagte Konrad.

»Er meint bestimmt, es tut ihm leid, dass er mich vorhin so erschreckt hat«, mischte sich Mona ein.

»Ich glaube nicht«, widersprach Tim, und zum ersten Mal seit langer Zeit klang seine Stimme überhaupt nicht leise oder piepsig, sondern ganz normal. »Ich glaube, er hat hoch und heilig geschworen, dass er nie wieder einen Trank anrührt!«

Krax nickte.

»Konrad hat mir erzählt, dass Krax sogar lesen kann«, fuhr Tim fort. »Dann müsste er doch eigentlich auch schreiben können. Warum besorgt ihr ihm nicht ein Stück Kreide und eine kleine Tafel? Dann kann er aufschreiben, was er sagen will.«

Arabella fand Tims Idee so großartig, dass sie sofort losging, um bunte Kreide und sieben kleine Schiefertafeln zu besorgen. Die Tafeln verteilte sie im ganzen Haus, damit Krax überall und jederzeit aufschreiben konnte, was er sagen wollte.

Krax war begeistert, und wie sich herausstellte, konnte er

tatsächlich ganz gut schreiben, wenn auch ein bisschen wackelig. Außerdem klangen seine Sätze ziemlich krächzig, wenn man sie laut vorlas. Konrad schaute dem Raben neugierig über die Schulter, während er mit roter Kreide seine allererste Botschaft schrieb. Sie lautete:

Krax wollde nix fliegen! Kronrad ist plöt!

Konrad biss sich auf die Lippen. Die zweite Botschaft war für Arabella:

Krarabela, dein Krimi wa pannent.
Musstu lesn! Der Gärtna ist der Mörda!

Am Nachmittag fuhren sie zum Flughafen und holten Milli ab. Das Flugzeug hatte ein bisschen Verspätung, deswegen mussten sie eine halbe Stunde lang auf eine automatische Schiebetür starren, aus der leider niemand herauskam. Dann aber öffnete sich die Tür endlich, und Milli erschien gleich als Erste. Sie zog einen kleinen roten Rollkoffer hinter sich her, und als sie Konrad, Krax und Arabella entdeckte, ließ sie ihn einfach los, sodass der nächste Passagier darüber stolperte. Konrad sah, wie sie lachend die Arme ausbreitete und ihnen entgegenlief, und er grinste und hob ebenfalls die Arme, aber im nächsten Moment stürzte Milli sich mit einem Freudenschrei auf Arabella, die ihre Tochter ganz fest an sich drückte und vor lauter Rührung zwei oder drei Tränen auf ihre Haare regnen ließ.

Konrads Arme klappten nach unten.

Milli begrüßte ihn immerhin mit drei arabischen Küssen auf die Wangen, was ihm ganz gut gefiel. Allerdings war sie inzwischen ziemlich gewachsen und überragte ihn um einen halben Kopf. Das gefiel ihm weniger.

»Krah!«

»Hallo Krax! Schicke Brille!«

Sie sah so arabisch aus wie immer: Ihre Haut war olivbraun, sie hatte lange dunkle Locken, trug Pluderhosen und eine rot schimmernde Seidenbluse, und an ihren Handgelenken rasselten unzählige silberne und goldene Armreife.

Auf der Fahrt unterhielt sie sich fast nur mit Arabella und redete dabei wie ein Wasserfall. Und dann rief sie begeistert: »Oh, Kameeele!«, und deutete auf das Spruchband, als die Streifenente wenig später vor dem Kräuterladen hielt.

Krax ließ Milli nicht einmal Zeit, sich im Laden ein wenig umzusehen, sondern führte ihr sofort seine Schreibkunst vor:

Milli ist nädd. Kronrad ist kremein!

schrieb er auf eine seiner Tafeln.

»Nanu? Habt ihr gerade Streit?«, erkundigte sich Milli.

Konrad zuckte mit den Schultern. So langsam ging Krax ihm wirklich auf die Nerven.

»Komm«, sagte er und nahm ihre Hand. »Wir gehen rauf in mein Zimmer.«

Oben in seiner kleinen Dachkammer überreichte er ihr ein kleines Geschenk, eingewickelt in schwarzes Papier mit roten Spritzern, die wie Blut aussahen.

»Oh, für mich? Wie gruselig!«

»Mach's auf!«

Sie riss das Blutspritzerpapier herunter. »Oh ... Ein Skelett aus Pappe. Danke ... So was kann man immer brauchen.«

»Gefällt es dir auch?« Konrad fand sein Geschenk selbst nicht so besonders toll. Er war sich überhaupt nicht sicher gewesen, ob Milli *Gruft und Grusel*-Sachen mochte. Aber ihm war einfach nichts Besseres eingefallen.

»Ja, echt.« Sie hielt das Gerippe etwas höher. »Toll, dass die

Knochen nummeriert sind. Da weiß man gleich, wie viele man hat.«

»Genau!«, stimmte Konrad hastig zu. Er nickte erleichtert. »Die Zahlen sind doch echt genial, oder?« Wie gut, dass Milli einen anderen Geschmack hatte als er.

»Konrad, ich hab eine Bitte«, sagte sie und legte das Skelett beiseite. »Ich habe einen Brief an Yasir geschrieben, an meinen Vater. Schon vor Monaten. Aber es kam keine Antwort.«

Konrad erinnerte sich daran, dass Arabella Milli einen Brief von Yasir geschenkt hatte. Und die Adresse des Absenders war eine Straße in einer kleinen Stadt in Syrien gewesen.

»Vielleicht stimmt die Adresse ja nicht mehr?«, sagte er. »Der Brief war ja schon alt.«

»Das glaub ich auch. Könntest du nicht noch mal für mich in der Kristallkugel nachsehen? Dann finden wir vielleicht raus, wo mein Papa jetzt wohnt.«

Arabellas indische Kristallkugel lag immer noch in Konrads Kleiderschrank, irgendwo ganz hinten, unter einem Stapel Wolldecken. Konrad hatte sie schon ewig nicht mehr benutzt und wusste gar nicht, ob er es überhaupt noch konnte.

»Ich glaube, sie war hier im Kleiderschrank«, sagte Milli und riss die Schranktür auf.

»NEIN!«, rief Konrad erschrocken.

»Wieso nein?« Sie blickte ihn fragend an.

Ihm war siedend heiß eingefallen, dass seine übernatürlichen Fähigkeiten zurzeit ja gar nicht funktionierten. Jedenfalls nicht sehr verlässlich. Wenn er mit der Telekinese schon solche Schwierigkeiten hatte, würde er bestimmt auch nicht hellsehen können ...

Konrad schloss die Schranktür wieder. »Das ist ... Das geht ... nicht. Weil die Kugel ... mir leider runtergefallen ist. Sie ist kaputt, total kaputt. Ich hab versucht, sie wieder zusammenzukleben, ehrlich. Aber die Scherben waren zu klein, verstehst du?«

Milli warf ihm einen seltsamen Blick zu und runzelte die Stirn. Und Konrad hatte das ungute Gefühl, dass sie ihm kein Wort glaubte.

Ein Linksdrehtag

Am nächsten Morgen stimmte irgendetwas nicht. Konrad merkte es sofort, als er die Augen aufschlug. Die helle Sonne, die durch das Fenster in seine kleine Dachkammer hereinschien, stand viel zu hoch. Also musste es schon ziemlich spät sein, und er hatte verschlafen. Er gähnte. Am Abend zuvor hatte er abgewartet, bis Milli schlief. Dann war er auf Zehenspitzen zum Kleiderschrank geschlichen, hatte die Kristallkugel herausgeholt und sie auf dem Speicher nebenan in den alten Koffer zurückgelegt, in dem Arabella sie eigentlich seit Ewigkeiten aufbewahrte.

Er war sich plötzlich sicher, dass ihm ein Linksdrehtag bevorstand. Früher hatte Arabella vor der Schule immer sein Energiefeld überprüft, indem sie ihr Pendel über seinem Kopf kreisen ließ. Drehte sich das Pendel rechtsherum, war alles in Ordnung, und es stand einem ein schöner Tag bevor. Linksdrehtage dagegen waren Tage, an denen man aus der Haustür kam und gleich mit dem ersten Schritt in einen Hundehaufen trat.

Konrad glaubte zwar nicht an Arabellas Pendel, aber an total verkorkste Tage glaubte er. Er hob den Kopf und sah, dass Millis Schlafsack leer war. Na bitte, es ging schon los! Er hatte sich so darauf gefreut, sie vor dem Frühstück noch ein bisschen durch die Altstadt zu führen und ihr alles zu zeigen: Veras Laden mit den japanischen Süßigkeiten, Erwin Plasters Apotheke mit der uralten Pillendrehmaschine im Schaufenster und ganz am Ende der Straße das Puppenmuseum, wo über dem Eingang eine riesige Marionette hing.

In der Küche standen benutzte Teller und Tassen auf dem Tisch – Arabella und Milli hatten also schon ohne ihn gefrühstückt.

Als er die Treppe herunterkam und den Laden betrat, waren sie gerade dabei, Kräutersträuße zu binden und zum

Trocknen aufzuhängen. Krax hockte auf Millis Schulter und half mit, indem er an den Stielen zupfte, bis sie ungefähr dieselbe Länge hatten.

»Guten Morgen, mein Schatz! Ausgeschlafen?«

»Wieso habt ihr mich denn nicht geweckt?«, knurrte Konrad. Er mochte es nicht, wenn Arabella ihn »Schatz« nannte – und schon gar nicht, wenn jemand zuhörte.

»Wir wollten dich schlafen lassen«, sagte Milli. »Und Arabella erklärt mir gerade ihre Arbeit. Das kennst du ja schon alles ...«

Konrad musterte die beiden: Arabella mit ihren langen roten Locken und einem Kräuterbund in der Hand, Milli mit ihren dunkelbraunen Locken und einem Kräuterbund in der Hand. Auf einmal hatte er das seltsame Gefühl zu stören. Vielleicht brauchte Milli ja einfach auch ein bisschen Zeit, um ihre Mutter besser kennenzulernen. Schließlich war sie zum ersten Mal bei ihnen zu Besuch. Andererseits hatten seine Eltern, Milli und er immer alles zu viert gemacht, als er in der Schweiz gewesen war.

Er überlegte gerade, was er tun sollte, da klapperte die Rabenluke, und herein fegte mit lautem Gurren eine grau gesprenkelte Taube. Sie rutschte auf dem Bauch über den Boden und drehte sich dabei wie ein Kreisel um sich selbst. Vor der Ladentheke erhob sie sich in die Luft, schlingerte über die Kräutersträuße hinweg und blieb schließlich flatternd an Arabellas Busen kleben.

Krax flüchtete erschrocken auf die Lampe.

»Meine erste telepathische Taubenpost!«, jubelte Arabella.

Sie strich der Taube beruhigend über das Gefieder und setzte sie auf die Registrierkasse. Dann löste sie das kleine Röhrchen, das an ihrem Bein befestigt war.

Milli schaute fasziniert zu.

»Aus Wien, von meiner alten Freundin Mizzi ... Ach du meine Güte!« Arabella schlug sich erschrocken eine Hand vor den Mund.

»Was schreibt sie denn?«, fragte Konrad. »Lies vor!«

Liebste Arabella, Du Goldschatz!

las Arabella.

So eine Überraschung, deine Taube! Ich schau morgen Nachmittag um drei mal bei Euch rein. Bin unterwegs nach London, geb dort einen Yogakurs. Bitte keine Umstände!!!
Bis morgen, gell?
Deine Mizzi

Arabella rief sofort in der besten Konditorei an und bestellte eine Wiener Sachertorte, weil Mizzi die so gerne mochte.

Konrad frühstückte in Windeseile und betete, dass nach dem Linksdrehmorgen nun vielleicht ein Rechtsdrehmittag folgte. Doch das schien leider nicht der Fall zu sein, denn als er und Milli zum Drachenberg radeln wollten, brach plötzlich ein Platzregen los. Milli fand das nur halb so schlimm, weil sie sich gern Arabellas Werkstatt ansehen wollte. Also verschwanden die beiden eine Weile in dem Zimmer, das genau unter Konrads Dachkammer lag.

Konrad war so wütend, dass er am liebsten Ivo angerufen hätte, um ihn einzuladen. Aber weil er immer noch nicht wusste, was er ihm sagen sollte, ließ er es lieber.

Er legte sich im Wohnzimmer aufs Blümchensofa und starrte ratlos an die Decke. Seit Wochen hatte er sich so darauf gefreut, Milli endlich wiederzusehen. Und nun war sie da und schien sich kein bisschen für ihn zu interessieren!

»Na, mein Schatz, langweilst du dich? Jetzt sind wir fertig mit der Werkstatt ...«

Arabella war hereingekommen, und aus dem Augenwinkel heraus nahm Konrad wahr, dass sie etwas vor sich hertrug und auf den Tisch stellte. Etwas Durchsichtiges, Rundes ...

Es war die Kristallkugel!

Konrad fuhr senkrecht in die Höhe.

»Was machst du denn da?«

»Ach du meine Güte ... Ich hab nur die Kristallkugel vom Speicher geholt.«

»Aber warum denn?«, schrie Konrad. Seine Stimme überschlug sich.

Arabella blickte ihn verdutzt an. »Konrad, beruhige dich. Was hast du denn? Die Kristallkugel ist ein Geschenk von Mizzi. Deswegen hab ich gedacht, wenn sie morgen zu Besuch kommt, dann stelle ich sie ihr zu Ehren auf.«

»Aber die steht doch sonst nicht hier!«

»Na eben, deswegen ja. Dann freut die Mizzi sich bestimmt ...«

»Wo ist Milli?«

»Sie füttert gerade Herrn Blubb. Wieso?«

Er stürzte auf die Kugel zu und riss sie genau in dem Moment an sich, als Milli ins Wohnzimmer platzte.

»Oh, noch eine Kristallkugel«, sagte sie. »Toll, dann kannst du ja ...«

Konrad machte einen Ausfallschritt Richtung Tür und spürte, wie sein linker Fuß sich in Arabellas kleinem Tibetteppich verfing. Wie in Zeitlupe – jedenfalls kam es ihm so vor – fiel und fiel und fiel er ... Der Teppich kam näher und näher, die Kugel glitt ihm durch die Finger und blitzte noch einmal auf, wie das traurige letzte Glimmen eines sterbenden Sterns. Dann prallte sie auf den Boden und zersprang in tausend Scherben.

Milli und Konrad blickten sich schweigend an, während Arabella die Kristallsplitter auf der Kehrschaufel hinaustrug – mit gesenktem Kopf, damit man ihre feuchten Augen nicht bemerkte. Die Kugel hatte zwar die meiste Zeit auf dem Speicher gelegen, aber sie bedeutete Arabella sehr viel.

»Na toll«, sagte Konrad. »Wegen dir ist das verdammte Ding jetzt kaputt!«

»Spinnst du? Wieso denn wegen mir?«

»Du hast mich erschreckt!«

Milli funkelte ihn wütend an. »Wer ist denn hier der große Kugelzerstörer? Du doch wohl! Das war ja schon die zweite.«

Konrad schwieg betreten und blickte in eine andere Richtung.

»Oder etwa nicht?« Sie blickte ihn forschend an. »Die Kristallkugel war gar nicht kaputt, stimmt's? Du hast mich angelogen!«

»Milli …«

»Sag doch lieber gleich, dass du keine Lust hast, mir zu helfen. Ich finde meinen Vater auch allein!«

Sie ließ ihn stehen und verließ das Zimmer.

Den Rest des Tages sprachen Konrad und Milli kein Wort mehr miteinander. Arabella war verzweifelt und gab sich die größte Mühe, Frieden zu stiften. »Ach, vertragt euch doch wieder«, sagte sie ungefähr zum hundertsten Mal, als sie am Abend zu dritt auf dem Sofa saßen, um die Nachrichten zu gucken. »Niemand war schuld. Bloß der Teppich. Über den stolpert man wirklich leicht. Ist mir auch schon mal passiert. Mit der Maibowle damals, weißt du noch, Konrad?«

»Ja«, sagte Konrad und starrte missmutig auf den Fernseher. Vor einem schnörkeligen alten Gebäude stand im Nieselregen eine Gruppe von Reportern, die auf irgendjemanden zu warten schienen.

»Wenn man genau hinguckt, sieht man immer noch die Erdbeerfl... Ach du meine Güte, DA!« Arabella zeigte erschrocken auf den Bildschirm.

Urplötzlich war Leben in die Reporter gekommen. Sie wimmelten durcheinander wie ein Schwarm hungriger Geier und umringten eine elegant gekleidete ältere Dame mit schneeweißer Haarwelle und einem schwarzen Hütchen.

Konrad erkannte sie sofort. Es war eindeutig Mrs Stone. Seine australische Großmutter. Obwohl er sich eigentlich kaum vorstellen konnte, dass sie tatsächlich mit ihm verwandt war. Normale Großmütter steckten ihren Enkeln Kaugummis und Taschengeld zu und strickten ihnen zu große Pullover und zu warme Socken. Oder sie lagen den ganzen Tag auf dem Sofa und guckten Liebesfilme, so wie Ivos Oma.

Konrads Oma war leider eine Verbrecherin.

»Mrs Stone, was hat der Richter gesagt?«, rief einer der Reporter.

»Der Ricktörr sagt, dass es gibt keinen Beweis, dass ick habe etwas gestohlen«, antwortete Mrs Stone mit einem würdevollen Blick in die Kamera. *»Ick bin unschuldick, würglick!«* Zwei kleine Tränen kullerten über ihre rosa geschminkten Wangen. *»Ick habe mit dieses goldene Hut nickts zu tun, ab-so-lut nickts!«*

»Lügnerin!«, rief Arabella entrüstet.

Vor einem Jahr war aus einem Museum ein ungeheuer wertvoller Hut aus Gold gestohlen worden, und für Konrad und Milli bestand kein Zweifel, dass Mrs Stone die Täterin sein musste. Sie hatten den Hut mit eigenen Augen in Mrs Stones geheimem Safe gesehen. Doch als die Polizei anrückte, um den Goldhut sicherzustellen, war der Safe dummerweise leer gewesen.

»Was werden Sie nun tun?«, rief ein anderer Reporter.

»Ick habe eine Vörrein gegrundet. Eine Vörrein, um Kindörrn mit würglick sehr, sehr örrnsten Problemen zu helfen! Sie brauchen mick, die armen Kleinen!« Wieder kullerten zwei Tränen über Mrs Stones Wangen.

»Dieses Biest!«, schnaufte Arabella. »Ich glaube ihr kein Wort.« Mrs Stone war eigentlich nicht sehr hilfsbereit, schon gar nicht zu Kindern.

»Und nun noch eine Fahndungsmeldung«, sagte der Nachrichtensprecher. *»Die Polizei bittet um Ihre Mithilfe.«*

Das Foto eines Mädchens wurde eingeblendet, eines Mädchens mit schnurgeraden Haaren und ungewöhnlich ausdrucksvollen Augen.

»Gesine!«, rief Konrad.

»Wer ist denn Gesine?«, fragte Arabella.

»Die grässliche Neue in meiner Klasse!«

Der Nachrichtenmann verkündete, dass das Mädchen seit dem Vortag spurlos verschwunden sei. *»Die Eltern gehen davon aus, dass ihre Tochter weggelaufen ist«*, sagte er mit ernster Miene.

Auf dem Bildschirm erschien das verweinte Gesicht von Gesines Mutter. *»Mein Liebling, ich mache mir solche Sorgen um dich. Wir können doch über alles reden … Sogar über den Swimmingpool. Komm bitte zurück! Bitte!«*

Bitte nicht, dachte Konrad. Verirr dich im Wald und find nie wieder raus. Verhedder dich in einer Brombeerhecke. Fall in ein tiefes Loch oder bleib im Sumpf stecken.

Wenn er Glück hatte, blieb Gesine vielleicht ja für immer verschwunden. Hoffentlich.

Besuch aus Wien

Es war der bislang heißeste Tag des Jahres. Die Sonne brannte auf den Stadtpark herab wie auf eine afrikanische Savanne mit flirrender Luft und hechelnden Löwen. Konrad hätte sich nicht gewundert, wenn im nächsten Moment eine Elefantenherde vorbeigezogen wäre. Er, Milli, Arabella und Vera lagen im Schatten dreier Buchen auf bunten Badetüchern und faulenzten. Vera las Arabellas Krimi »Die Vogelscheuche«, den Arabella selber nicht mehr lesen wollte, seit Krax ihr aus Versehen verraten hatte, wer der Mörder war. Der Rabe hüpfte auf der Wiese umher und suchte nach Schnecken und Würmern. Von Zeit zu Zeit landete er mit einem Plumps direkt neben Veras Kopf und lugte neugierig über ihre Schulter in das Buch.

»Huch, erschreck mich doch nicht immer so!«, schimpfte Vera und wedelte Krax mit der Hand beiseite.

»Er will bestimmt wissen, an welcher Stelle du gerade bist«, lachte Arabella.

»Ksch, ksch. Wehe, du verrätst mir was!«, rief Vera.

Milli las ein Buch über Tiere in der Wüste, und Konrad schaute durch sein heiß geliebtes Fernglas und suchte den Himmel nach Flugzeugen ab. Zurzeit flogen eine ganze Menge dort oben herum.

»Da, ein Jumbo!«, verkündete er.

»Hm«, brummte Vera.

»Schön«, sagte Arabella, die die Augen geschlossen hatte.

Milli hob nicht mal den Kopf. Immerhin hatte sie beim Frühstück endlich wieder mit ihm gesprochen, aber leider nur zwei Sätze. Der erste lautete »Gibst du mir mal die Butter?« und der zweite »Vielen Dank«.

»Nanu?« Konrad stutzte und setzte das Fernglas ab. Am Horizont näherten sich drei Punkte, noch viel zu weit entfernt, um zu erkennen, was es war. Konrad blickte wieder durch das Fernglas. Eindeutig keine Flugzeuge, dafür flogen sie zu dicht nebeneinander. Die Punkte wurden größer, änderten plötzlich ihren Kurs und steuerten direkt auf den Stadtpark zu. Sie sahen aus wie Kugeln, die sich im Flug zu drehen schienen. Ihr Getrudel und Geschlinger erinnerte irgendwie an Arabellas ...

»Tauben«, sagte Konrad. »Das sind Tauben! Da kommt Post. Taubenpost!«

Vera warf ihren Krimi ins Gras und sprang hastig auf. »WAS? Wo? Vielleicht für mich? Zeig her!« Sie riss ihm das Fernglas aus der Hand.

Arabella hob den Kopf und setzte ihre Sonnenbrille ab. »Das kann nicht sein, Vera«, sagte sie. »So schnell geht das nicht. Du hast die Taube an Renaldo doch vorgestern erst abgeschickt. Die da sind bestimmt für mich ...« Sie erhob sich ächzend, hob schützend eine Hand vor die Augen und blickte in den Himmel hinauf.

Milli war ebenfalls aufgesprungen und blinzelte in die Sonne.

Die Tauben näherten sich mit enormer Geschwindigkeit, aber sie sanken nicht tiefer, sondern schossen hoch oben in der Luft über den Stadtpark hinweg, wie drei Kanonenkugeln, abgefeuert von einem fliegenden Piratenschiff.

»Viel zu hohe Dosis«, sagte Arabella kopfschüttelnd. »Bei diesem Rezept stimmen die Mengenangaben nicht.«

»Aber wieso fliegen sie denn weiter?«, fragte Vera verdutzt.

»Tja, scheint nicht für uns zu sein. Wer weiß, wie viele Leute auf der ganzen Welt den Trank kennen und benutzen ... Ich sag dir mal was, Vera: Diese Art von Briefsendungen hat Zukunft. Vielleicht sollte ich meinen Laden schließen und einen telepathischen Postdienst gründen ...«

»Telepathisch?«, fragte Milli. »Wieso denn telepathisch?«

Konrad versuchte ihr schnell das Grundprinzip der telepathischen Taubenpost zu erklären: »Also, wenn jetzt mal die Taube ein Auto wär«, sagte er, »und das Auto wüsste nicht, wo es hinfahren soll, dann würde man ein Navigationsgerät einbauen, das über Satellit genau angeben kann, wo das Ziel ist, also könnte das Auto dann irgendwohin fahren und den Weg finden, obwohl es noch nie dort gewesen ist. Und mit der telepathischen Taube ist es genauso, nur dass der Satellit mit Gedankenübertragung funktioniert, kapiert?«

»Nee«, sagte Milli.

»Na, du kannst einen Brief an jemanden schicken, äh, von dem du ... von dem du nicht weißt, wo er ist, verstehst du? Zum Beispiel ... dein Vater. Genau! Schick Yasir doch eine telepathische Taube! Dann bekommt er deine Nachricht garantiert.«

Milli starrte ihn ungläubig an. »Stimmt das wirklich?« Sie blickte Arabella fragend an.

Arabella schlug sich mit der Hand an die Stirn. »Meine Güte, wieso bin ich da nicht selber draufgekommen? Natürlich stimmt es. Genau das machen wir.«

»Oh, Konrad! Das ist fantastisch!« Milli schlang ihre Arme um seinen Hals und küsste ihn – links, rechts, links – auf beide Wangen. Und Konrad atmete tief durch und merkte, dass er sich sofort viel besser fühlte. Jedenfalls sehr erleichtert.

Mizzi Stadlhuber kam am Nachmittag pünktlich um drei, genau wie angekündigt. Sie war eine drahtige Frau mit blonden Strubbelhaaren, die sehr viel redete. Konrad hatte sie erst ein einziges Mal gesehen, als er sechs gewesen war oder sieben. Er erinnerte sich nur noch daran, dass Mizzi der biegsamste Mensch war, den er je getroffen hatte. Damals hatte sie sich vor ihn hingestellt und das linke Bein einfach so, wupp, senkrecht nach oben gestreckt, dass der Fuß ihren Kopf überdachte. Sie war nämlich Yogalehrerin von Beruf und führte ihre Übungen auch gerne vor.

»Neeeiiiin, Kooonrad, lass dich aaanschauen!«, rief sie, nachdem sie Arabella begrüßt hatte. »Groß bist du geworden!« Sie packte ihn an beiden Handgelenken und hob seine Arme an, so ähnlich wie der Tierarzt bei Krax immer die Schwingen auseinanderfaltete, wenn sie zur Jahresuntersuchung mussten.

»Elf Jahre alt, unglaublich! Und nun rat einmal, wie alt ich bin. Na? Komm schon, trau dich!«

»Keine Ahnung ...«, sagte Konrad verwirrt. »Fünfund... dreißig?«

Mizzi lachte ein schrilles, kleines Lachen. »Hahaha, na schau! Achtundvierzig bin ich, gell, da staunst du! Yoga hält nämlich jung und fit.«

Ihr Blick wanderte zu Milli. »Und das ist wohl deine kleine türkische Schulfreundin?«

»Das ist meine Tochter Milli«, erklärte Arabella.

Mizzi starrte von Milli kurz zu Arabella und dann wieder zurück. »Was denn, deine Tochter? Ich meine ... deine *richtige* Tochter?«

Arabella nickte.

Mizzi schien es einen Moment lang die Sprache verschlagen zu haben. Dann lächelte sie ein bisschen schief und sagte: »Also wirklich, das sieht man. Ihr seid's euch wie aus dem Gesicht geschnitten, ihr zwei!« Was absolut nicht stimmte, fand Konrad, denn Arabella und Milli sahen sich wirklich nicht sehr ähnlich. Milli kam wohl mehr nach ihrem Vater.

Als sie Arabellas Sachertorte sah, rief Mizzi: »Ach, wie lieb von dir, Arabella. Das wär doch nicht nötig gewesen. Außerdem zerläuft sie ja schon, bei dieser Affenhitze heute!«

Die Torte sah wirklich ein bisschen matschig aus, aber Mizzi aß trotzdem zwei große Stücke und hinterher gleich noch ein Obsttörtchen. Dabei erzählte sie von Wien und von ihren Yogakursen, die so gut liefen, dass sie sich vor lauter Kunden nicht mehr retten konnte. Alle, alle wollten Yoga von ihr lernen, weil sich inzwischen herumgesprochen hatte, dass Mizzi einfach die beste Yogalehrerin von Wien war.

»Was ist denn Yoga?«, erkundigte sich Milli.

Mizzi stellte ihren Kuchenteller beiseite und zog die Schuhe aus. »Pass auf, ich zeig's dir.«

Sie hockte sich auf Arabellas Tibetteppich, drückte sich mit den Unterarmen nach oben und lag plötzlich waagerecht in der Luft, wie ein Brett. »Diese Übung heißt ... puh«, keuchte sie, »... der Pfau.«

Konrad staunte. Mizzi war eine lebende Wippe!

»Uuund HOPP!« Ihr Kinn und ihre Schultern wippten nach unten und berührten den Teppich, gleichzeitig schnellten ihre Beine in die Höhe, sodass Mizzis Körper nun ungefähr dieselbe Schräglage hatte wie der Schiefe Turm von Pisa.

»Wow!«, rief Milli.

Konrad fragte sich, wie Mizzi es bloß anstellte, einen Fastkopfstand zu machen, ohne dass die zwei Stücke Sachertorte und das Obsttörtchen wieder rauskamen.

Der schiefe Turm sank sanft zu Boden. Mizzi stand auf, nahm wieder Platz und lächelte stolz in die Runde.

»Ja, schön«, sagte Arabella.

Es folgte eine Stille. Anscheinend wusste niemand, was er sagen sollte.

Krax landete im offenen Fenster und lugte herein.

»Neeein, wer kommt denn da?«, rief die Mizzi. »Mein süüüßer schwarzer Piepmatz!«

Krax schlug mit den Flügeln und verschwand wieder.

»Upps, ich glaub, er mag mich nicht, haha«, lachte Mizzi. »Was macht denn die Telekinese, Konrad? Ich hab gehört, du bist ein Wunderkind!«

»Na ja«, sagte Konrad. »Geht so.«

»Nein, das ist er wirklich«, sagte Arabella. »Ich bin sehr stolz auf ihn. Zeig Mizzi doch mal was!«

»O ja!«, rief Mizzi. »Lass die Sachertorte wie ein Ufo quer durchs Zimmer fliegen!«

Konrad hatte das seltsame Gefühl, zum zweiten Mal über den Tibetteppich zu stolpern. Um ihn herum bewegte sich plötzlich alles wieder in Zeitlupe. Gleichzeitig rasten seine Gedanken wie Formel-1-Wagen um die Wette. Er sah, wie Mizzi mit der Geschwindigkeit einer Schnecke den Kopf in den Nacken legte und eine ganze Ewigkeit lang lachte – jedenfalls kam es ihm so vor.

»Konrad?«, hörte er Arabellas Stimme.

»Ja?« Die unangenehme Zeitlupe hörte auf.

»Nimm lieber ein Obsttörtchen, das gibt beim Landen nicht so schlimme Flecken.«

»Ich will aber nicht.«

»Ah geh, sei kein Frosch!«, ermunterte ihn Mizzi.

»Warum denn nicht?«, fragte Arabella verdutzt. »Du bist doch sonst nicht so schüchtern. Wenn man etwas kann, dann darf man es ruhig auch mal zei...«

»NEIN!«, schrie Konrad.

Arabella zuckte zusammen und wurde ganz blass.

Mizzi und Milli starrten ihn erschrocken an.

»Du willst mich doch bloß vorführen! Wie ein Pferd im Zirkus!«

»Hä-hem!« Vom Fenster war ein krächziges Räuspern zu vernehmen. Für zwei Sekunden erschien ein streng blickender Rabenkopf über dem Sims, dann tauchte er blitzschnell wieder ab.

Verdammt, dachte Konrad. Eigentlich habe ich mit Krax genau das Gleiche gemacht, als Tim da war. Er biss sich auf die Lippen.

Alle schwiegen. Ausnahmsweise sogar Mizzi.

Konrad rannte aus dem Zimmer und flüchtete die zwei

Treppen zu seiner Dachkammer hinauf. Dort warf er sich auf sein Bett und starrte an die Decke. Über ihm drehte sich Krax' Schlafschaukel leise quietschend im Wind.

Es dauerte keine fünf Minuten, da ging die Tür auf, und Milli stürmte herein.

»He, kannst du nicht anklopfen?«

»Was ist los mit dir?«, fuhr sie ihn an. Ihre Augen funkelten vor Wut. »Warum bist du so gemein zu Arabella?«

»Bin ich gar nicht.«

»Ach nein? Und warum sitzt sie dann unten im Wohnzimmer und weint?«

Konrad zuckte mit den Schultern. »Arabella weint doch dauernd, das ist bei ihr normal.«

»Weil du *dauernd* gemein zu ihr bist!«, rief Milli. »Du schmeißt ihre Kristallkugel runter und sagst nicht mal Entschuldigung!«

»Der Teppich war schuld!«, blaffte Konrad zurück und setzte sich auf. »Und außerdem geht dich das alles gar nichts an!«

»Arabella ist *zufällig* meine Mutter«, erwiderte Milli schnippisch. »Also geht es mich was an!«

Konrad schwieg. Er war so wütend, dass ihm nichts mehr einfiel. Er wollte nachdenken, aber sein Kopf fühlte sich vollkommen leer an. Wie ein pechschwarzer Weltraum ohne Sterne. Schließlich blickte er Milli an.

»Das merke ich schon die ganze Zeit, dass du dich total bei Arabella einschleimst«, sagte er tonlos. Sogar seine Stimme klang leer und merkwürdig hohl. »Zieh doch am besten gleich hier ein. Du kannst mein Zimmer haben. Dann ziehe ich in die Schweiz.«

Milli starrte ihn einfach nur an. Dann machte sie auf dem Absatz kehrt und knallte die Tür hinter sich zu.

Er ließ sich in sein Kissen zurücksinken. So miserabel wie in diesem Moment hatte er sich schon ewig nicht mehr gefühlt. Das Schlimmste war, dass die Probleme eigentlich erst mit Millis Besuch begonnen hatten. Vorher war doch alles gut gewesen. Oder fast. Nein, das stimmte auch nicht. Er hatte sich mit Ivo gestritten. Und mit Krax. Und das Referat war schiefgegangen ...

Es musste doch irgendetwas geben, was ihm helfen konnte. Am besten irgendein Wundermittel, das alle Probleme auf einen Schlag löste. Und was, wenn nicht? Konrad stellte sich vor, dass er alle Fläschchen von Arabellas neuem Trank auf einen Zug leerte und sich selbst als telepathische Eilpost zum Mond hinaufschoss.

Er ballte die Fäuste, schob sie in seine Hosentaschen ... und spürte plötzlich etwas. Seine Finger ertasteten etwas Glattes, das leise knisterte. Konrad zog es heraus.

Es war der goldene Briefumschlag.

Verschwunden

Am nächsten Morgen stimmte irgendetwas nicht. Milli merkte es sofort, als sie die Augen aufschlug. Schummeriges Dämmerlicht erfüllte den Raum. Draußen war gerade erst die Sonne aufgegangen.Von irgendwoher drangen seltsame Klopfgeräusche an ihr Ohr – wahrscheinlich war sie davon wach geworden.

Sie drehte den Kopf und schaute zu Konrads Bett hinüber.

Es war leer!

Tock, tock, tock.

Das Klopfen klang irgendwie unheimlich. Milli erinnerte sich daran, wie Mrs Stone ihr früher immer scheußliche Spukgeschichten von Klopfgeistern erzählt hatte. Damals hatte Mrs Stone eine Zeit lang bei Milli und ihren Zieheltern gewohnt. Sie war für Milli wie eine Großmutter gewesen, allerdings nicht sehr lange, denn nach ihrem Einzug hatte es ständig Streit gegeben. So schlimmen Streit, dass die Eltern Mrs Stone irgendwann aus dem Haus geworfen hatten.

Tock, tock, tock.

Die Geräusche schienen von der Wand zu kommen, die Konrads kleine Dachkammer vom Speicher trennte.

Milli stand auf, tappte auf den Flur hinaus und öffnete

vorsichtig die Tür zum Dachboden. Das Klopfen wurde lauter!

»KRAX!«

Der Rabe steckte in einem von Arabellas Taubenkäfigen und blickte mit traurigen Augen zu ihr herauf.

»Hast *du* die ganze Zeit geklopft?«

Krax nickte und pochte mit der Schnabelspitze durch die Gitterstäbe an die Wand.

»O Gott, du Armer!«

Jetzt erst bemerkte Milli, dass sein Schnabel mit Klebeband umwickelt war! Sie befreite ihn aus dem Käfig und pulte das Klebeband mühsam wieder ab – es haftete leider ausgezeichnet.

»Kröh-kröh-kröööh!« Krax hustete und röchelte.

»Was ist denn bloß passiert?«

Er zupfte sie am Ärmel und flog in Konrads Zimmer, wo

auf dem Schreibtisch eine seiner kleinen Schiefertafeln lag. Krax griff mit der rechten Klaue nach einem Stück Kreide und schrieb:

Kronrat hat mic eingeperrt und
ist mit seim Kruksak weck

Wenig später saßen Arabella, Vera, Milli und Krax zusammen in der kleinen Küche im ersten Stock. Vera war sofort herübergekommen. Sie trug nur ihr Nachthemd, das mit den kleinen aufgedruckten Venediggondeln.

»Ich bin eine schlechte Mutter!«, schluchzte Arabella. »Eine ganz ... Danke, lieb von dir«, Milli hatte ihr eine Jumbopackung Taschentücher auf den Tisch gelegt, »... schlechte Mutter.«

»Ach, Unsinn«, sagte Vera.

»Doch, ich habe ihn bedrängt. Die Mizzi hat mit ihren Yogageschichten angegeben, und da wollte ich auch ein bisschen angeben, ich dummes Schaf.« Sie putzte sich die Nase. »Mit Konrads Telekinese.«

»Wegen so was läuft man doch nicht gleich weg«, sagte Vera. »Es muss einen anderen Grund geben.«

Arabella dachte nach. »Na ja, ich nerve ihn dauernd, dass er sein Zimmer aufräumen soll. Und dass er nicht zu lange baden darf, weil es der Haut schadet. Und außerdem hab ich ihm neulich diese roten Turnschuhe nicht gekauft, da hat er ein furchtbares Theater gemacht. Aber die waren einfach viel zu teuer, ehrlich ...«

»Vera lachte. »Ach was, rote Turnschuhe sind auch kein

Grund. Du darfst dich nicht so aufregen. Vielleicht macht er ja nur einen kurzen Ausflug.«

»Was soll ich bloß tun?«, jammerte Arabella.

»Schick ihm eine telepathische Taube und schreib, dass es heute Spaghetti mit Tomatensoße zum Abendessen gibt.«

Arabella sprang auf. »Gute Idee. Auf dem Speicher ist noch eine! Die weiße, die aus Wien zurückkam.«

Milli schüttelte den Kopf. »Aber da war keine Taube. Nur Krax.«

Arabella plumpste zurück auf ihren Stuhl. »Dann muss er sie mitgenommen haben. Aber wozu denn bloß? Ich verstehe das alles nicht.«

Unten im Laden klingelte es an der Tür.

»Das muss er sein! Er hat bestimmt seinen Schlüssel vergessen!«

Die drei stürmten die schmale Treppe hinunter. Mit zitternden Fingern zückte Arabella ihren Schlüssel, drehte ihn zweimal im Schloss und riss die Tür auf.

Vor ihnen stand Ivo. In der Hand hielt er eine Postkarte, und auf seinem Kopf saß eine schneeweiße Taube – genauer gesagt hockte sie auf einer kleinen roten Wollmütze, die Ivo trug, damit die Taubenkrallen auf seiner Glatze nicht so pikten. Er war an diesem Morgen sehr früh aufgewacht, weil ihn irgendwas am Fuß gekitzelt hatte.

»Mein Bein hing aus dem Bett«, erzählte er. »Ich hab im Schlaf gekichert, und als ich die Augen aufschlage, klebt die weiße Taube an meinem Fuß. Und an ihrem Bein hing diese coole Karte hier.« Er zeigte ihnen das Bild, auf dem zwei

grauhäutige Monster miteinander rangen. Sie hatten sich ineinander verkrallt, und aus ihren brüllenden Mäulern triefte grüner Schmodder.

»Igitt«, sagte Milli.

Ivo lächelte. »Hallo Milli! Schön, dich wiederzusehen. Das sind kämpfende Kworks.« Er tippte auf die Karte. »Huch! Hallo, Krax!«

Etwas Rabenschwarzes war durch die Ladentür ins Freie geschossen und stürzte sich mit einem heiseren Freudenschrei auf Ivo. Die weiße Taube schlug erschrocken mit den Flügeln und flog davon.

»Verflixt, nun ist sie fort«, seufzte Arabella. »Das war meine letzte! Sei doch nicht immer so ungestüm, Krax!«

Der Rabe ließ sich zufrieden auf Ivos Kopf nieder.

Auf der Rückseite der Monsterkarte stand in Konrads kritzeliger Handschrift:

Lieber Ivo!
Entschuldige wegen neulich. Ich hab mich benommen wie ein Kwork, tut mir leid. Ich muss für eine Weile weg. Falls ich nicht wiederkomme, kriegst Du mein Vampirbuch.
Dein Freund Konrad

Arabella brach in Tränen aus. *»Falls ich nicht wiederkomme!«*, schluchzte sie.

»Aber da steht doch immerhin, dass er wiederkommen will«, versuchte Vera zu trösten.

»Er irrt irgendwo in der Welt herum«, schniefte Arabella. »Und muss hungern und nachts draußen schlafen!«

Ivo schüttelte den Kopf. »Bestimmt nicht. Wenn Konrad abhaut, plant er vorher garantiert, wo er nachts schlafen kann, und zwar in einem richtigen Bett! Und er schaut erst mal nach, wann die Züge und Busse fahren, und erkundigt sich genau, wann und wo es was zu essen gibt ...«

»Woher weißt du das?«, fragte Milli.

»Wir waren Pfingsten zusammen im Zeltlager«, sagte Ivo und grinste.

Gorillas im Nebel

Die Sonne wirkte blass und kalt und stand noch ziemlich tief. Draußen war es viel kühler, als Konrad erwartet hatte. Missmutig stapfte er den Feldweg entlang. Unter seinen Schuhen knirschten kleine Steine, und der Rucksack auf seinem Rücken drückte. Oben ragte aus der Öffnung des Reißverschlusses eine weiße Taube heraus. Sie reckte den Hals, und ihr Kopf drehte sich ununterbrochen in alle Richtungen, wie das Periskop eines U-Boots, das nach feindlichen Schiffen Ausschau hielt.

Als er im Morgengrauen leise aufgestanden war, um Milli nicht zu wecken, hatte Krax ein Auge aufgeklappt und ihn fragend angesehen. Mal wieder typisch, dachte Konrad. Erst ist er beleidigt und beachtet mich nicht mehr, und jetzt spielt er plötzlich wieder Kindermädchen! Konrad hatte den fertig gepackten Rucksack unter seinem Bett hervorgezogen und sich aus dem Zimmer geschlichen. Aber als er wenig später die Treppe hinuntertappte und sich der Haustür näherte, lehnte unten an der Rabenklappe eine kleine Schiefertafel mit der krakeligen Aufschrift:

Kronrad soll nich wekkehn! Pleip hia!

Krax kam von der Lampe herabgeschossen und zerrte an seinem Pullover, bis schließlich ein großes Loch im Stoff klaffte. Da war es mit Konrads Geduld vorbei gewesen. Er hatte Krax den Schnabel zugeklebt, den Raben unter seinen Arm geklemmt und war leise wieder nach oben geschlichen, um ihn auf dem Dachboden einzusperren.

Von irgendwoher hallte jetzt der klagende Ruf eines Vogels durch den weißen Morgendunst. Konrad blieb einen Moment stehen und lauschte. Er merkte, dass er ziemlich außer Atem war. Warum wog der verdammte Rucksack bloß so viel? Er hatte doch wirklich nur das Allernötigste eingepackt. Unter der Taube lagen: seine dünne Regenjacke, seine Schirmmütze, ein Paar Socken, sein Taschengeld (in einem kleinen Metalltresor mit Zahlenschloss), eine Packung Schokoladenkekse, zwei Äpfel, zwei Dosen Cola, der 10. Band von *Kung-Fu-Kid* (»Die Wunderheilung«), Pflaster, Schere, Taschenlampe, Zahnbürste, Zahnpasta, das Schweizer Taschenmesser, das Flugzeugquartett, Arabellas Deutschlandreiseführer ... und natürlich der goldene Briefumschlag.

Auf dem Zettel, der sich darin befand, stand in golden schimmernden Druckbuchstaben:

Willst du lernen, deine Fähigkeiten so zu nutzen,
wie du es brauchst?

Ja, genau das will ich, hatte Konrad gedacht und sich gefragt, woher Dr. Wudu das wohl wusste.

Dann komm in mein spirituelles Kindercamp!
Hier erfährst du alles, was du wissen musst.
Für Unterkunft und Verpflegung ist gesorgt.
Nutze den kostenlosen Fahrdienst:
Unser Bus fährt dich hin: 19. 7. / 20. 7. / 21. 7.
Treffpunkt: Feldstraße, alte Drachenweide
Abfahrt: 6 Uhr morgens
Bitte diesen Brief mitbringen!

Konrad freute sich, dass er den Umschlag noch rechtzeitig geöffnet hatte, um mitfahren zu können. Und noch dazu umsonst, dadurch sparte er einen Haufen Taschengeld!

Die Drachenweide war ein uralter Baum am Rand der Feldstraße. Er und Arabella waren auf dem Weg zum Drachenberg schon unzählige Male an ihr vorbeigefahren. Allerdings noch nie in aller Herrgottsfrühe.

Konrad blieb stehen und blickte sich um. Ringsum schwebten tief liegende Nebelschwaden über die Felder dahin, manche dick und weiß wie Baumwolle, andere so auseinandergezogen, als bestünden sie aus hauchdünnen Zuckerwattefäden. Plötzlich musste er an Arabellas Elfengedicht denken, das sie ihm früher so oft vorgelesen hatte, wenn es draußen neblig wurde:

Wir sind nur ein Flüstern,
wir sind nur ein Hauch,
ein Rascheln der Bäume,
ein Knistern im Strauch.

Wir sind nur ein Raunen,
sind Stimmen in Wäldern,
sind Lichter und Schatten
und Nebel auf Feldern.

Das war natürlich alles Unsinn. Konrad hatte Arabella klipp und klar erklärt, dass Nebelschleier keine Elfen sind, sondern einfach nur aus Wassertropfen bestehen. Und dass es Elfen gar nicht gibt.

Er erschauerte. Die Nebelschleier schienen immer näher zu rücken und ihn zu umzingeln! Einige richteten sich wirbelnd auf, wie geisterhafte Eisbären, die sich drohend auf die Hinterbeine stellten!

Konrad verspürte den dringenden Wunsch, sich unsichtbar zu machen. Und im selben Moment fiel ihm siedend heiß ein, dass er Monalisas verspätetes Geburtstagsgeschenk ja in den Rucksack gestopft hatte! Der Elfentarnanzug diente eigentlich dem Zweck, die Elfen nicht zu erschrecken, um sie in Ruhe beobachten zu können. Aber vielleicht waren die Elfen ja gar nicht so schüchtern – falls es sie überhaupt gab, natürlich. Vielleicht tarnten sie sich selbst, nämlich um Menschen zu beobachten!

Konrad stellte sich vor, wie winzige, libellenflügelige Wesen in braungrünen Tarnanzügen zwischen den Gräsern lagen und ihre Feldstecher auf ihn richteten.

Hastig setzte er den Rucksack ab und zog den Reißverschluss ein kleines Stück weiter auf, gerade so viel, dass die Taube problemlos hindurchpasste. Er hob sie heraus, hielt sie mit beiden Händen einen Moment fest und murmelte dreimal vor sich hin: »An Ivo, an Ivo, an Ivo!« Dann ließ er los.

Die telepathische Taube schwirrte davon, und die Karte von *Gruft und Grusel*, die mit einem Bindfaden an ihrem linken Bein befestigt war, flatterte hinter ihr her wie der Papierschweif eines Spielzeugdrachens. Konrad blickte ihr nach, bis sie hinter einer milchig weißen Nebelwand verschwand.

Ganz unten im Rucksack lag tatsächlich die Schachtel mit dem Tarnanzug. Konrad riss sie auf und zog ein Bündel aus grünem Netzstoff heraus. Dazu gab es eine Anleitung, in der erklärt wurde, wie sich aus dem Stoff der Anzug schneidern ließ und unter welcher Hotline man die dafür am besten geeignete Tarnstoff-Spezialnähmaschine bestellen konnte. Mit anderen Worten: Der Anzug war gar kein Anzug!

Konrad entfaltete das Netz einfach, zog es sich über den Kopf und stülpte die Schirmmütze darüber, damit es nicht verrutschen konnte. Perfekt. Der grüne Stoff schleifte nicht mal über den Boden, sondern reichte ihm bis zu den Knöcheln.

Er stapfte weiter und versuchte sich vorzustellen, wie er mit dem grünen Ding über dem Kopf wohl aussah – wahrscheinlich wie ein Fischer, der zu blöd war, sein Netz richtig auszuwerfen ... Egal.

Gut, dass mich hier keiner sieht, dachte Konrad.

»He! Du da!«, rief plötzlich eine tiefe Männerstimme.

Er zog erschrocken den Kopf ein und duckte sich hinter einen kleinen Busch. Der Mann hatte bestimmt nicht ihn gemeint. Konrad hatte niemanden gesehen. Wie konnte der Mann dann *ihn* gesehen haben?

»Du da, hinterm Busch!«, brüllte die Stimme. »Komm mal da raus!«

»Äh … Ich?«

»Nee, der andere. Gleich neben dir. Der mit dem Kescher auf dem Kopf!«

Konrad hörte das grunzende Gekicher einer zweiten Männerstimme.

»*Natürlich* du, du Komiker! Oder sitzen da etwa noch mehr Angler im Gestrüpp?«

Das kicherige Grunzen ertönte zum zweiten Mal.

Konrad hob den Kopf und erblickte durch seinen grünen Netzschleier zwei Gorillas im Nebel – zumindest sahen die beiden Männer wie Gorillas aus, denn die Umrisse ihrer Körper waren vor lauter Muskeln ganz wellig. Ihre Gesichter ließen sich nicht erkennen, aber seltsamerweise sahen die beiden unheimlichen Schattengestalten ansonsten genau gleich aus. Gleich groß, gleich breit, gleich wellig. Als hätte jemand mit einer großen Schablone zweimal die gleiche Figur aus einem

Pappkarton ausgeschnitten – so wie Arabella es mit Millis Begrüßungskamelen getan hatte.

Konrad machte einen mutigen Schritt vorwärts, und im selben Moment brach die Sonne durch die nebelige Wolkenwand, und die Dunstschleier begannen sich augenblicklich aufzulösen.

»Scholz ist mein Name«, stellte der erste Gorilla sich vor.

»Meiner auch«, sagte der zweite Gorilla, was völlig überflüssig war, denn nun konnte Konrad sehen, dass auch ihre Gesichter genau gleich waren. Und dass beide eine spiegelglatte Glatze hatten. Sie mussten Zwillingsbrüder sein.

»Was ist das denn für eine lustige Verkleidung?«, fragte Scholz 1.

»Mückenschutz«, log Konrad.

Die Scholzbrüder wechselten einen verdutzten Blick.

»Sag mal ... Du willst nicht zufällig zum Kindercamp?«, erkundigte sich Scholz 2 vorsichtig.

Konrad lüftete die Schirmmütze und zog sich das Netz vom Kopf. Keine drei Meter von ihm entfernt stand die Drachenweide! Durch den grünen Stoff konnte man wirklich nicht viel sehen.

Neben der Drachenweide wartete auf der Wiese ein blauer Kleinbus, in den gerade zwei Jungen einstiegen.

Konrad nickte und reichte Scholz 2 den goldenen Brief.

»Gut, dann können wir ja los«, sagte Scholz 1. »Ist fast schon sechs. Jetzt kommt bestimmt keiner mehr.«

Scholz 2 nickte, zerriss den Brief und stopfte die Schnipsel in seine Hosentasche.

Die beiden stapften breitbeinig zum blauen Bus hinüber und ließen Konrad hinten einsteigen.

»KONRAD!«, begrüßte ihn eine freudige Mädchenstimme.

Die beiden Jungen, die in der Mitte saßen, drehten sich neugierig um.

Auf der Rückbank kauerte Tamara! Konrad hatte sie letztes Jahr zusammen mit Ivo und Milli im Arkana-Zentrum kennengelernt.

»Was machst du denn hier?« Er setzte sich neben sie.

Der Bus fuhr ruckelnd an, schaukelte ein paar Meter über Grasbüschel und bog in die Feldstraße ein.

Während sie in der Morgensonne dahinbrausten, erzählte Tamara Konrad, warum sie ins Kindercamp wollte.

»Meine Eltern finden mich anstrengend ... Weil ich dauernd überall festklebe und sie mich dann wieder losreißen müssen.«

Tamara war ein magnetisches Mädchen. Was bedeutete, dass kleinere metallische Gegenstände an ihr kleben blieben, wie zum Beispiel Handys oder Messer und Gabeln. Deswegen hatte sie sich mühsam beigebracht, mit Stäbchen zu essen, wie die Chinesen. Inzwischen konnte sie sogar eine Bratwurst mit Stäbchen essen, unzerschnitten!

Wenn die metallischen Gegenstände jedoch größer als Tamara waren, blieb sie an *ihnen* kleben. Zum Beispiel am Auto ihres Vaters. Deswegen musste sie beim Ein- und Aussteigen immer höllisch aufpassen.

»Mein Vater und meine Mutter wollen ein zweites Kind

adoptieren. Ein unmagnetisches! Bestimmt, damit sie auch ein normales Kind haben, das nicht so anstrengend ist wie ich!«, jammerte Tamara. »Deswegen will ich lernen, unmagnetisch zu sein. Dann brauchen sie vielleicht ja gar kein zweites Kind!«

Konrad legte ihr tröstend eine Hand auf die Schulter.

»Mir geht's ähnlich«, sagte er. »Bloß umgekehrt. Arabella findet mich nur toll, wenn ich irgendwelche großartigen Schwebekunststücke vorführen kann.«

»Aber das kannst du doch!«, entgegnete Tamara.

Konrad schüttelte den Kopf und berichtete, dass im Moment überhaupt nichts mehr klappte. Und dabei staunte er, wie einfach es war, Tamara einfach so ganz locker alles zu erzählen. Hinterher fühlte er sich irgendwie erleichtert und schon viel, viel besser.

Die beiden Jungen, die vorne saßen, hatten gespannt zugehört.

»Und ihr?«, fragte Konrad neugierig.

»Ich bin ein lebendes Navigationsgerät«, sagte der eine der beiden, der Maurice hieß und schulterlanges braunes Haar hatte.

Alle schauten ihn fragend an.

»Ich habe die ganze Welt in meinem Kopf abgespeichert. Alle Kontinente, alle Länder, alle Hauptstädte und Kleinstädte und Dörfer und Käffer. Jedes Gebäude, jede Straße, jeden Park und jeden Friedhof. Alle Meere, alle Flüsse, alle Seen ... Kennt ihr die Hauptstadt von Botswana?«

»Botswana? Wo ist das denn?«, fragte Konrad.

Maurice verdrehte die Augen, was wohl bedeuten sollte, dass Konrad keinen blassen Schimmer von der Welt hatte.

»Und was willst du bei Dr. Wudu?«, erkundigte sich Tamara.

»Lernen, den Navigator auch mal abzustellen. Auf Reisen zum Beispiel. Neulich war ich zum allerersten Mal in Paris und konnte alles auswendig aufsagen. Wie die ganzen Straßen und die Kirchen heißen und so ...« Er seufzte. »Meine Mutter hat gesagt, wenn ich so weitermache, verreist sie nie wieder mit mir.«

Der zweite Junge hieß Niklas und hatte pechschwarz gefärbte Haare, von denen ein schmaler Streifen in der Mitte steil nach oben stand – wie ein letzter Rasenrest, der beim Mähen vergessen worden war.

»Ich bin so eine Art Batman«, sagte er.

»Alter Angeber!«, schnaufte Maurice.

»Nee, wirklich. Ich kann Dinge orten, auch im Dunkeln. Wie eine Fledermaus, sogar über hunderte von Kilometern hinweg.«

»Und wieso warst du bei Dr. Wudu?«, fragte Tamara.

»Das Orten klappt nur mit Gegenständen, auf die ich mich zubewege oder die mir entgegenkommen. Deswegen steh ich beim Fußball jedes Mal im Tor. Ich halte jeden Ball. Ich seh den Ball sogar, wenn ich die Augen zumache ...«

»Wow!«, schrie Konrad so laut, dass sich der rechte Scholz auf dem Beifahrersitz umdrehte und ihm einen strengen Blick zuwarf. »Genial!«

»Ja, schon«, sagte Niklas. »Aber langweilig. Ich will lernen, Gegenstände hinter oder neben mir zu orten. Dann könnt ich nämlich Stürmer sein. Ein Stürmer mit Augen auf dem Rücken – das wär voll der Hammer!«

»Weiß eigentlich jemand von Euch, wo wir hinfahren?«, fragte Konrad.

Tamara setzte sich in die Mitte der Rückbank und streckte ihren megamagnetischen rechten Arm aus, der immer nach Norden zeigte, wie eine Kompassnadel. Er begann erst leicht zu zittern und schwenkte dann scharf nach links.

»Nach Osten«, verkündete sie.

»Wir bewegen uns auf ein Gebäude zu, das fast ganz aus Glas ist«, sagte der Fledermausjunge. »Ich kann es orten. Es liegt am Meer.«

»Könnte der Glaspalast sein«, überlegte Maurice. »Der liegt an der Ostsee. Ich hab mal ein Bild davon gesehen und ... hä?«

»Was hast du?«, fragte Tamara.

»Die fahren falsch«, erklärte Maurice und blickte aus dem Fenster. »Sekunde mal.« Er klopfte an die kleine Scheibe, hinter der die Rückseiten der beiden glänzenden Glatzen zu sehen waren. Der rechte der zwei Scholze drehte sich um und öffnete das Schiebefenster.

»Ja?«

»Wenn Sie zum Ostsee-Glaspalast wollen, haben Sie gerade die Ausfahrt verpasst«, brüllte Maurice nach vorn. »Wir müssen auf die A20!«

Die Scholze sahen sich verdutzt an.

»Das lass mal schön unsere Sorge sein, wo wir hinfahren, kleiner Klugscheißer«, sagte der rechte Scholz. »Wir haben alles im Griff.« Er knallte das Fenster wieder zu.

»Ich sag's ja bloß!«, brummte Maurice ärgerlich.

Hinter der Scheibe waren die lauten Stimmen der beiden Gorillas zu hören, zwischen denen offenbar ein Streit ausgebrochen war.

»Doof!«, rief der linke Scholz. »Du bist so was von strunzdoof!« Mehr war leider nicht zu verstehen.

Es dauerte nicht lange, bis der rechte Scholz das Schiebefenster wieder öffnete. Diesmal wirkte sein Gesicht ein wenig blass, und bevor er zu reden begann, kaute er erst eine ganze Weile auf seinen Lippen herum.

»Sag mal, Kleiner ...«, knurrte er schließlich. »Wie war das eben? Ich meine ... Mit der A20 und so?«

Maurice verdrehte die Augen.

Beim Heiler

Arabella war verzweifelt. Sie wurde ganz verrückt vor Sorge und weinte inzwischen fast ohne Unterbrechung.

»Wenn er bis heute Abend nicht wieder da ist, sollten wir zur Polizei gehen«, meinte Vera.

»O Gott, bitte nicht zur Polizei!«, schluchzte Arabella.

Vera seufzte.

»Ja aber warum denn nicht?«, fragte Milli erstaunt.

Arabella erzählte, wie indische Polizisten sie und Konrad damals in Bombay zwei Tage lang voneinander getrennt hatten – seitdem litt sie unter der furchtbaren Angst, ihn eines Tages weggeben zu müssen, weil er nicht ihr richtiger Sohn war. »Es muss doch etwas anderes geben, was wir tun können, *irgendwas* ...« Sie nahm ein Papiertaschentuch, faltete es auseinander und zerrupfte es in winzig kleine Fitzel.

Ivo starrte nachdenklich vor sich hin, während er Krax streichelte, der auf seinem Schoß hockte und leise vor sich hin krähte, als wäre er ein schnurrender Kater.

Im Wohnzimmer klingelte das Telefon.

Alle sprangen auf und rannten hinüber.

»Stell auf laut!«, rief Vera.

»Ja?«, meldete sich Arabella mit zittriger Stimme.

Aus dem Lautsprecher tönte eine kreischige Frauenstimme. »Hallo Arabella! Hast du die Latschenkiefercreme noch da? Falls ja, kommen wir gleich vorbei. Wir haben gestern drei Stunden *Nordic Walking* gemacht, meine Füße bringen mich um!«

»Hallo Mona«, sagte Arabella. »Es ist etwas Furchtbares ...«

»Wart grad, ich geb dir Lisa!«

Es folgte ein Rascheln und Knirschen, dann war Lisas Stimme zu hören.

»Hallo, Arabella! Wir haben einen neuen Heiler entdeckt. Derselbe, zu dem Konrad geht! Wieso hast du uns denn nichts davon erzählt? Er ist einfach unglaublich!«

Arabella blickte verdutzt in den Hörer, als säße Lisa in der Sprechmuschel und könnte sie durch die kleinen Löcher sehen. »Wie bitte? Wer ist unglaublich?«

»Dieser Dr. Wudu. Er macht mit Mona eine Anti-Schnarch-Hypnose! Und es wirkt tatsächlich. Ich kann endlich wieder ohne Ohrenschützer schlafen!«

»Aber Konrad geht zu keinem Heiler.«

Lisa schwieg einen Moment.

»Nicht?«

»Nein.«

»Aber wir haben ihn neulich dort aus der Praxis kommen sehen ...«

»Lisa, ich muss Schluss machen.« Arabellas Stimme klang sehr müde. »Konrad ist ... Oh, Ivo möchte dich kurz sprechen!« Ivo zupfte sie kräftig am Ärmel.

»Ivo? Welcher Ivo?«, fragte Lisa.

»Konrads bester Freund.«

»Ach ja ... Der Russe.«

»Halbrusse«, korrigierte Ivo. »Guten Tag, Ivo Murmanski hier. Sagen Sie, wo ist denn die Praxis von diesem Dr. Wudu?«

»Morbusallee 23«, antwortete Lisa.

Ivo bedankte sich und legte auf. »Morbusallee, die kenn ich«, sagte er. »Das ist nicht weit von *Gruft und Grusel.*«

Die Morbusallee war eine vornehme Straße mit prachtvollen alten Villen. Zu beiden Seiten der Allee standen würdevolle Kastanien, die kühlen Schatten spendeten, und vor jedem Haus lag ein kleiner, gepflegter Vorgarten, den man durch eine Pforte betrat. Breite Steintreppen führten zu den Eingängen hinauf: schwere getäfelte Flügeltüren, manche mit löwenköpfigen Messingklopfern, andere mit spitzen Metallbeschlägen, sodass sie fast aussahen wie das Tor einer Ritterburg.

Milli starrte staunend auf die goldglänzende 23 über dem Eingang, der von zwei mächtigen Säulen eingerahmt war, wie bei einem Tempel.

Ivo hatte den Einfall gehabt, Dr. Wudu einen Besuch abzustatten. Wenn Konrad heimlich dort gewesen war, wusste der Arzt vielleicht etwas über den Grund seines Verschwindens oder hatte zumindest einen Verdacht. Deswegen waren sie sofort losgefahren. Arabella wollte lieber zu Hause bleiben, um ans Telefon gehen zu können, falls Konrad anrief.

Die Tür zur Praxis war unverschlossen, und als sie eintraten, war die klägliche Stimme eines Jungen zu hören. »Ich hab's vergessen, tut mir leid!«, rief er verzweifelt.

Milli und Ivo blieben im Korridor stehen und hielten den Atem an. Der schmale Flur führte von der Tür in den Raum hinein und machte dann einen scharfen Knick nach links, sodass sie den Jungen nicht sehen konnten.

Im nächsten Moment ertönte eine tiefe Männerstimme – so abgrundtief, dass Milli spürte, wie sich die winzigen Haare auf ihren Armen kerzengerade aufstellten.

»Ich habe dir hundertmal gesagt, dass die Schatulle immer gefüllt sein muss!«, brüllte der Mann.

»Es war keine Absicht. Ehrlich!«

»Idiot!« Zwei klatschende Ohrfeigen schallten durch den Raum. Der Junge schrie gellend auf, dann klackerten Schritte, und eine Tür knallte.

Milli und Ivo schauten sich entsetzt an.

Sie schlichen zum Ende des Korridors und lugten um die Ecke. Der Junge kauerte hinter einem Anmeldetresen. Seine Haare wirkten wie ineinander verhedderte dünne Drähte und standen wild gezackt nach allen Seiten ab, als hätte er in eine Steckdose gefasst. Er hielt den Kopf gesenkt und schluchzte lautlos in sich hinein.

Als Ivo sich räusperte, zuckte der Junge zusammen und hob erschrocken den Kopf.

»Ich helf hier nur aus«, erklärte er hastig. »Wollt ihr zur Kindersprechstunde?«

Milli und Ivo tauschten einen kurzen Blick und nickten.

Der Junge mit dem Drahthaar rieb sich die Augen und griff nach einem Stift. »Dann brauch ich eure Namen.«

»Ivo Murmanski«, sagte Ivo.

Milli hakte sich bei Ivo unter. »Und ich bin seine Schwester! Ich begleite ihn.«

Der Sprechstundenjunge hob den Kopf, runzelte die Stirn und senkte den Kopf wieder. »Na gut. Ihr könnt Platz nehmen«, sagte er und deutete auf eine Tür. »Dort drüben bitte, zweite Tür rechts.«

»Hast du gesehen, dass er Gummihandschuhe trägt?«, zischte Milli Ivo zu, als sie die Tür des Wartezimmers hinter sich geschlossen hatten.

»Was denn für Gummihandschuhe?«

»Na, so dünne. Wie Friseure, wenn sie Haare färben.«

»Nee«, sagte Ivo. »Waren die Handschuhe voller Blut?«

»Quatsch. Warum?«

»Ich hab neulich so eine Krankenhausserie gesehen, in der

dauernd operiert wurde. Und der Arzt, der operiert hat, hat seinen blutigen Gummihandschuh ausgezogen. Und irgendwie ist der Handschuh in den Patientenbauch gefallen und wurde eingenäht – aus Versehen.«

»Oh. Kann man mit einem Handschuh im Bauch denn essen?«, fragte Milli interessiert.

»Ich glaube nicht«, sagte Ivo. »Jedenfalls hatte der Patient nach dem Aufwachen Schmerzen. Und dann musste er gleich noch mal operiert werden – von einem anderen Arzt, der seine Handschuhe zum Glück anbehielt, und der hat den Handschuh dann im Bauch gefunden und war ganz schön überrascht.«

Ivo erzählte spannende Geschichten, fand Milli. Sie wollte gerade fragen, ob der Handschuhverlierer bestraft worden war, da klappt eine Tür auf, und vor ihnen stand ein großer Mann in einem langen grünen Mantel. Auf dem Kopf trug er einen Turban, an den Füßen ungewöhnliche Schuhe mit eingerollten Spitzen, und in seinen schwarz geschminkten Augen lag ein unheimliches Funkeln.

»Du zuerst!«, donnerte er und deutete auf Ivo.

Es war dieselbe abgrundtiefe Stimme, die sie beim Betreten der Praxis schon gehört hatten.

Milli sah, wie Ivo noch bleicher wurde, als er ohnehin schon war. Und dass er überhaupt keine Lust verspürte, mit diesem Wudu allein in einem Raum zu sein.

»Ich bin seine Schwester, ich begleite ihn«, sagte Milli.

»Das geht nicht«, sagte Dr. Wudu.

»Dann gehen wir wieder«, erwiderte Milli und nahm Ivos Hand. »Komm, Ivo.«

Dr. Wudus linker Nasenflügel verzog sich eine Millisekunde lang nach oben. »Na gut, na gut, na gut«, knurrte er. »Los, rein mit euch.«

Im Behandlungszimmer setzte sich Milli auf einen kleinen Hocker, und Ivo nahm auf dem Patientensessel Platz.

Im selben Moment klopfte es an der Tür, die zum Flur hinausführte.

»Ja?«, schnauzte Dr. Wudu.

Der Sprechstundenjunge kam herein und blieb verlegen stehen.

»Was ist?«

Er hielt einen kleinen Pappkarton in die Höhe.

»Ach ja«, sagte Dr. Wudu. »Aber beeil dich!«

Milli beobachtete, wie der Junge zum Schreibtisch hinüberging und eine kunstvoll geschnitzte Holzschatulle aufklappte. Er holte etwas aus dem Karton und legte es hinein – leider war nicht zu erkennen, was. Dann schloss er den Deckel der Schatulle wieder und verließ eilig den Raum.

Dr. Wudu setzte Ivo einen seltsamen Helm auf, der durch zwei Kabel mit einem Apparat verbunden war.

»Aber ...«, protestierte Ivo.

»Sag nichts!« Der Heiler schaltete das Gerät ein, es ertönte ein Summen, und Ivos Mundwinkel zuckten ein paarmal, als gäbe er sich alle Mühe, nicht zu kichern, obwohl ihn irgendetwas kitzelte.

Das Summen ging in ein schrilles Pfeifen über. Oben auf dem Apparat wirbelte ein kleiner Propeller, und an der Vorderseite schlugen zitternd zwei Nadeln aus. Nach einer Weile

wurde der Pfeifton schließlich leiser, und die Nadeln beruhigten sich wieder.

»Hm.« Dr. Wudu strich sich nachdenklich über seinen langen Bart. »Du hast Kontakt zur Geisterwelt.«

»Stimmt.« Ivo nickte und schloss zwei Sekunden lang die Augen. Dann schlug er sie wieder auf und sagte: »Viele Grüße von Ihrer Oma, die Ihnen den schönen roten Schraubenzieher geschenkt hat, als Sie klein waren. Und sie sagt, Sie sollen immer hübsch brav sein und ... und ... äh ...«

»UND?«

»Sie sollen sich mal wieder ordentlich rasieren.«

Dr. Wudu lachte ein krachendes Donnerlachen.

»Also, mein Junge ...« Er schritt zu seinem Schreibtisch hinüber und öffnete die Holzschatulle. »Was ist dein Problem? Mit den Geistern, meine ich?«

Ivo zuckte mit den Schultern. »Wieso Problem? Ich hab gar kein Problem. Die Geister sind sehr nett und freundlich.«

Dr. Wudus Miene verfinsterte sich. »Wenn du meine Hilfe gar nicht brauchst, warum bist du dann hergekommen?«, knurrte er und klappte den Deckel der Schatulle wieder zu.

»Unsere Mutter möchte wissen, ob zu viele Geistergespräche gesundheitsschädlich sind«, sagte Milli schnell. »Ob man Schnupfen davon kriegen kann. Oder Halsentzündung.«

»Unsinn«, schnaufte Dr. Wudu.

Von irgendwoher schrillte ein ungewöhnlicher Handy-Klingelton – es klang so ähnlich wie die Musik in dem indischen Restaurant, in dem Milli mal gewesen war.

Dr. Wudu stieß einen Fluch aus und begann hektisch seinen langen grünen Mantel abzutasten. Dann verschwand er eilig in einem Nebenraum.

Milli warf Ivo einen verschwörerischen Blick zu und deutete hinüber zur Schatulle.

Ivo grinste und nickte.

Im Nebenraum brach der indische Klingelton abrupt ab. Dann war Dr. Wudus murmelnde Stimme zu hören.

Die beiden stürzten zum Schreibtisch, und Milli klappte den Deckel auf.

Sie starrten hinein.

In der Schatulle schimmerten goldene Briefe. Zwanzig bis dreißig Stück. Ohne Empfänger und ohne Absender.

An diesem Abend lag Milli auf ihrer Luftmatratze noch lange wach und blickte durch das Fenster in die Zweige der alten Birke. Der Himmel war bereits blauschwarz und wurde mit jeder Sekunde finsterer.

Milli versuchte sich vorzustellen, wo Konrad wohl war. Das hatte sie früher schon oft getan – lange vor ihrer Begegnung im Arkana-Zentrum. Sie hatte abends in ihrem Bett gelegen und daran gedacht, dass es irgendwo auf der Welt einen Jungen geben musste, der bei ihren Eltern lebte. Genau wie sie bei seinen. Sie hatte sich sogar vorgestellt, dass er im selben Moment genau dasselbe tat und ebenfalls an sie dachte. Ein seltsames Gefühl war das gewesen. Als hätte man einen unbekannten Freund an einem unbekannten Ort.

Wo er in dieser Nacht wohl schlafen würde?

Draußen ging der Mond auf und warf sein fahles Licht in Konrads kleine Dachkammer. Krax schnarchte bereits auf seiner Schaukel leise vor sich hin.

Der goldene Brief, den sie und Ivo aus der Holzschatulle geklaut hatten, fiel ihr wieder ein. Sie waren aus der Praxis auf die Straße gerannt und hatten den Umschlag an der nächsten Ecke aufgerissen. Seltsamerweise hatte sich nur ein leeres weißes Blatt Papier darin befunden, sonst nichts. Sehr merkwürdig.

Ihre Augenlider wurden immer schwerer. Und mitten im Einschlafen schoss ihr plötzlich etwas durch den Kopf. Ein Gedanke, den sie nur noch undeutlich wahrnahm. Es hatte irgendetwas mit Dr. Wudu zu tun. Oder mit seiner Oma, die ihn ermahnte, sich mal wieder zu rasieren.

Das ist wichtig, dachte Milli gerade noch. Das darf ich nicht vergessen ...

Im nächsten Moment schlief sie schon.

OMA

Der Glaspalast

Konrad schlug die Augen auf und starrte in die Dunkelheit. Er musste für ein paar Minuten eingenickt sein. Das Feldbett, auf dem er lag, drückte im Rücken und in den Kniekehlen, und der Raum roch feucht und muffig.

Er lauschte. Von draußen war das Rauschen der Brandung zu hören und die heiseren Schreie der Möwen. Die anderen Jungen schienen tatsächlich zu schlafen. Jedenfalls atmeten sie ruhig und gleichmäßig.

Konrad hatte sich das Kindercamp irgendwie anders vorgestellt. Vor allem bequemer. Er hatte gedacht, dass sie im Glaspalast übernachten würden, in schönen Zimmern mit richtigen Betten. Und nicht auf Klappbetten in einer muffigen, uralten Baracke.

Bei ihrer Ankunft waren sie von Fräulein Lara begrüßt worden, einer dünnen Dame mit flachsblonden Haaren, die ihr hinten bis zum Po reichten und vorne fransig in die Stirn fielen. Fräulein Lara trug ein kurzes Röckchen und hochhackige weiße Stiefeletten, in denen sie erstaunlich geschickt laufen konnte. Ihre rechte Hand balancierte eine große Schreibunterlage wie ein leeres Tablett, und darauf klemmte eine Liste, in die jedes Kind hübsch ordentlich eingetragen wurde.

»Na, Kleiner?«, hatte Fräulein Lara ihn mit ihrer komischen Stimme gefragt, die ein bisschen quakig klang. »Deinen Namen bitte und deine übernatürliche Begabung.«

Konrad fand sich überhaupt nicht klein, im Gegenteil, er gehörte in seiner Klasse zu den Größten. Und außerdem fand er Fräulein Lara viel zu neugierig. Sie verriet ihm ja auch nicht, welche Begabungen sie hatte.

»Konstantin Koriander«, antwortete er. »Bauchreden.«

»Bauchreden?« Fräulein Lara stutzte. »Bauchreden ist doch keine übernatürliche Begabung!«

»Oh«, sagte Konrad und überlegte. »Aber aus meinem Bauch spricht ein Geist!«

Fräulein Lara hatte es mit einem zufriedenen Lächeln notiert. »Das ist natürlich etwas anderes …«

Ein sehr hungriger Geist, dachte Konrad. Er merkte, wie sein Magen knurrte. Zum Abendbrot hatte Lara ein paar labberige belegte Brötchen verteilt, für jedes Kind nur eins.

Gut, dass er die Kekse eingepackt hatte! Er tastete im Dunkeln nach seinem Rucksack, der unter dem Feldbett lag, kramte die Taschenlampe heraus und knipste sie an.

Das Bett neben ihm war leer. Der Navigator fehlte!

Konrad nahm den Rucksack und schlich sich auf Zehenspitzen hinaus.

Ein salziger Wind blies vom Meer zu den Klippen herauf, wo die Baracken standen. Früher einmal musste das Gelände wohl so etwas wie ein Truppenübungsplatz gewesen sein. Weiter unten am Hang lag die Baracke der Mädchen, in der Tamara schlief. Weil es in den alten Hütten keine Toiletten gab, waren überall auf der Klippe kleine Plastik-Klohäuschen verteilt, aus denen es widerlich stank, sobald man die Türen öffnete.

Fräulein Lara hatte ihnen erklärt, dass das Kindercamp erst am nächsten Tag richtig beginnen würde. Deswegen hatten Konrad und die anderen Jungen den Nachmittag damit verbracht, oben auf der Klippe zu sitzen und Flugzeugquartett zu spielen, und die Mädchen waren am Strand durchs seichte Wasser gewatet, um bunte Glasscherben zu suchen, die die Brandung schön rund geschliffen hatte.

Noch war es nicht ganz dunkel. Draußen auf dem Meer glühte am Horizont ein letzter Sonnenstreifen, und keine dreihundert Meter weit entfernt ragte der Glaspalast in den Nachthimmel auf, hell erleuchtet und so unwirklich, dass Konrad einen Moment innehielt und gebannt hinüberstarrte. Von hier oben schien der Palast über den Wellen zu schweben. Tatsächlich aber stand er auf einem Pfahlgerüst im Meer, ein gutes Stück vom Strand entfernt. Vom Ufer führte ein langer Holzsteg übers Wasser bis ans Tor.

Es war das schönste Gebäude, das Konrad je gesehen hatte,

bestehend aus unzähligen netzartig verlaufenden Stahlstangen, die große und kleine Puzzleteile aus Glas zusammenhielten. In seiner Mitte wölbte sich eine hohe leuchtende Kuppel, wie die Sankt-Martin-Laterne eines Riesen.

Konrad drehte den Kopf und sah etwas weiter hinten eine kleine Gestalt am Rand der Klippe sitzen. Er folgte dem Pfad durch das raschelnde Dünengras und ließ sich neben dem Navigator in den Sand plumpsen.

»Na? Kannst du nicht schlafen?«

»Nee«, sagte Maurice, der seine Arme um die Knie geschlungen hatte und aufs Meer hinausblickte. Zwei Meter vor ihm fiel der bröckelige Kreidefelsen steil zum Ufer ab. »Zu blöd, dass es hier in der Nähe keine Currywurstbude gibt.«

»Vielleicht gibt es ja eine«, erwiderte Konrad.

»Quatsch. Das nächste Kaff ist ewig weit entfernt. Da gibt's nur eine Bude mit Fischbrötchen. Und 35 Kilometer von hier kommt ein Ort mit einer Gaststätte, die Wiener Schnitzel haben.«

»Was, das Navigationsgerät in deinem Kopf weiß auch, wo es Schnitzel gibt?«, fragte Konrad verblüfft.

Maurice nickte. »Ich hab alle Speisekarten abgespeichert.«

»Wow!« Konrad packte die Keksrolle aus und reichte sie ihm. »Was ist da drüben?«

»Danke.« Maurice nahm sich einen Schokoladenkeks. »Wo drüben?«

Konrad zeigte zum Horizont.

»Schweden«, sagte Maurice. »Die Südküste. Ein kleiner Ort namens Trelleborg, 26 000 Einwohner. Man kann mit der

Fähre rüberfahren. Aber nicht von hier, sondern von Sassnitz. Um 3.00 Uhr, um 8.00 Uhr, um 12.45 Uhr, um 17.45 Uhr und um 22.15 Uhr.« Er biss in seinen Keks. »Von Trelleborg fährt man mit dem Bus nach Malmö, und von Malmö fahren die Züge in die Hauptstadt, nach Stockholm. Die Strecke beträgt über 600 Kilometer!«

Konrad fragte sich, wie viel Wissen eigentlich in ein einziges Gehirn reinpasste.

»Warst du schon oft in Schweden?«

Maurice seufzte. »Nein, noch nie.«

Sie schwiegen eine Weile.

Plötzlich sprang Maurice auf und zeigte zum Glaspalast.

Konrad schaute hinüber.

Unterhalb der glühend hellen Kuppel wanderte ein Schatten hin und her, der mal kleiner und mal größer wurde, dunkel über die Fensterscheiben glitt, für Sekunden verschwand und dann wieder auftauchte. Der Schatten einer schemenhaften Gestalt, die dort unten im Palast rastlos auf und ab schritt. Sie hatte die Hände hinter dem Rücken verschränkt, ging ein paar Schritte, hielt inne und machte kehrt. Ging wieder ein paar Schritte und blieb wieder stehen. Diesmal etwas länger.

Im nächsten Moment erlosch das Licht, und der Glaspalast versank in Dunkelheit.

Am Samstag tauchte gegen Mittag wieder der blaue Kleinbus auf, diesmal allerdings ohne ein einziges Kind. Scholz und Scholz stiegen mit finsteren Mienen und dunklen Augenrändern aus und verschwanden in einer der Baracken, um erst einmal ordentlich zu schlafen.

Konrad fragte sich, wann das Kindercamp eigentlich genau begann. Und was dort eigentlich passierte.

Gefrühstückt hatten sie im Glaspalast, in einem gläsernen Saal mit gläsernen Tischen und Stühlen. Diesmal war das Essen wirklich gut gewesen. Es gab ein Buffet, von dem sich jeder so viel Käse, Marmelade oder Müsli und dazu noch Brötchen nehmen durfte, wie er wollte. Sehr lecker, fand Konrad. Tausendmal besser jedenfalls als das Pfingstzeltlager, in dem er und Ivo gewesen waren. Hinterher hatte Fräulein Lara sie wieder alle an den Strand geschickt, zum Baden.

Nach dem Mittagessen verkündete sie, dass die Kinder an diesem Abend an einer Fernsehsendung teilnehmen dürften. Niklas, Maurice und die anderen waren total begeistert, aber Konrad gefiel der Gedanke nicht besonders, weil man vor laufenden Kameras seine Künste vorführen sollte. Und Tamara wollte lieber vorführen, *nicht* magnetisch zu sein.

»Vorher darf jeder noch zu unserem unglaublichen Dr. Wudu!«, rief Fräulein Lara und warf eine ihrer flachsblonden Haarsträhnen nach hinten. »Und los geht's!«

Die Kinder wunderten sich, denn niemand hatte gesehen, wann und wie der Heiler angekommen war.

Fräulein Lara klemmte sich ihr Klemmbrett unter den Arm und marschierte los, vom Speisesaal einen engen schmalen Glaskorridor entlang, dann links, dann rechts, dann wieder geradeaus. Es war ein Labyrinth aus endlosen Gängen, von denen unzählige Türen abgingen. Konrad blickte verwirrt auf die Schilder, die an jeder Kreuzung hingen: 23-BG stand auf dem einen. 25-3 Schrägstrich A100 auf einem anderen. 99-X-Y-Z auf dem nächsten. Wie sollte man sich da zurechtfinden? Er beschleunigte seine Schritte, als er merkte, dass er der Letzte war – Tamara, die vor ihm lief, bog gerade um die nächste Ecke und verschwand. Wenn er den Anschluss verlor, würde er nie im Leben wieder hier herausfinden.

Vor einem Raum mit Wänden aus undurchsichtigem Milchglas blieb Fräulein Lara schließlich stehen. BDJK-299 WUDU lautete die kleine Kennnummer neben der Tür. An der Glaswand gegenüber standen in einer langen Reihe Stühle für wartende Patienten.

»Ihr werdet einzeln aufgerufen ... Also dann, bis später!« Fräulein Lara hob im Gehen eine Hand und klimperte mit ihren Fingern. Dann bog sie um die nächste Ecke und verschwand.

Konrad spürte, wie ihm Schweißperlen auf die Stirn traten. Den Rest seines Lebens würde er damit verbringen, einen Ausgang zu suchen.

Seltsamerweise schienen die anderen Kinder sich darüber gar keine Gedanken zu machen.

»Wie kommen wir hier bloß wieder raus?«, fragte er Tamara, die neben ihm saß.

Tamara streckte den rechten Arm nach vorn. Er zitterte kurz, bewegte sich jedoch nicht von der Stelle. »Da lang«, antwortete sie und deutete mit dem Daumen über ihre Schulter nach hinten. »Nach Süden.«

»Aha«, sagte Konrad.

Von der anderen Seite tippte ihm jemand an die Schulter. Konrad drehte den Kopf. Es war Maurice. Er hatte ein lässiges Lächeln aufgesetzt, das zu sagen schien: Hast du denn vollkommen vergessen, dass ich der Navigator bin?

»Ach ja«, stöhnte Konrad erleichtert. Wie wunderbar. Wenn man mit einem lebenden Kompass und einem Navigator auf Reisen ging, war alles gleich viel einfacher.

Tamara wurde als Erste hereingerufen. Es dauerte nur wenige Sekunden, bis sie wieder herauskam. Dann war Konrad an der Reihe. Als er das Sprechzimmer betrat, blickte Dr. Wudu von einem Zettel auf, der vor ihm lag, und fragte: »Wieso steht hier: Konstantin hat einen sprechenden Geist im Bauch?«

»Keine Ahnung.« Konrad zuckte mit den Achseln.

Der Heiler stieß einen ungeheuer langen unverständlichen Fluch aus, in dem dreimal der Name »Lara!« vorkam. Dann strich er den Eintrag in der Liste durch und korrigierte ihn.

Konrad hatte kaum auf dem Behandlungsstuhl Platz genommen, da steckte schon wieder eine Nadel in seinem linken Ohr.

»Das pikt!«

»Nicht so wichtig«, sagte Dr. Wudu. »Spürst du sonst noch was?«

Konrad spürte ein Rumoren im Bauch. Erst wurde ihm flau zumute, dann kroch ihm etwas Heißes langsam die Wirbelsäule entlang und schoss jäh hinauf in seinen Kopf. Hinter seinen Ohren begann es unangenehm zu kribbeln. Außerdem merkte er, dass er plötzlich schlechte Laune bekam. Ziemlich schlechte Laune sogar.

»Leere im Bauch und Ameisen hinter den Ohren«, brummte er missmutig.

»Kennst du dieses Gefühl, oder ist es neu?«

Konrad überlegte. »Nein, das kenne ich. Ist aber schon eine Weile her.«

»Die Nadel im Ohr hat dieses Gefühl reaktiviert«, erklärte Dr. Wudu. »Und nun lass mal den Schreibtisch schweben, aber nicht zu hoch bitte!«

Konrad konzentrierte sich, und Dr. Wudus Schreibtisch hob augenblicklich vom Boden ab!

»Wow! Wie funktioniert das?«

»Man muss den richtigen Punkt treffen. Jetzt den Tisch bitte vorsichtig absetzen ... Und zieh nicht wieder die Nadel raus!«

»Und was für ein Punkt ist das?«

»Der Weltwut-Punkt«, erklärte Dr. Wudu.

Konrad blickte ihn verdutzt an. Wenn seine magischen Kräfte bei Wut funktionierten, bedeutete das ja, dass er den Grabstein auf dem Seemannsfriedhof locker hätte heben können – zu dumm, dass er es gar nicht erst versucht hatte!

»Kann man diese Kraft auch ohne Nadel einschalten? Und ohne miese Laune?«

»Ja. Schon. Aber das muss man lange üben.«

»Und wann zeigen Sie mir, wie?«

»Morgen vielleicht, mal sehen ... Oder später irgendwann.«

Eine typische Erwachsenenantwort, dachte Konrad und merkte, wie heftig er sich ärgerte. Was allerdings auch an der Weltwut liegen konnte.

»Und nun ruf bitte den Nächsten herein.«

Tamara schien mindestens genauso weltwütend zu sein wie er, als er sich draußen auf dem Korridor wieder neben sie setzte. Jedenfalls blickte sie ziemlich grimmig vor sich hin.

»Was hat er denn bei dir gemacht?«, fragte Konrad.

»Nix, das ist es ja!«, schimpfte sie. »Ich hab ihm gesagt, dass ich den blöden Magnetismus komplett abstellen will. Und da meint er nur, ich soll doch froh sein, dass ich so toll magnetisch bin und heute Abend an der tollen Fernsehsendung teilnehmen kann! Das war alles.« Sie pustete sich eine Haarsträhne aus der Stirn. »Und bei dir?«

Konrad zeigte ihr die Nadel im Ohr und erklärte die Sache mit dem Weltwut-Punkt.

»Weltwut!«, schnaufte Tamara. »Dafür brauch ich keine Nadel, der Typ alleine reicht mir schon.« Sie sprang von ihrem Stuhl auf. »Komm, wir gehen!«

Die anderen Kinder starrten sie entgeistert an.

»Wie, gehen?«, fragte Konrad.

»Ich bin hergekommen, weil ich dachte, dass Dr. Wudu mir hilft. Aber er hilft mir ja gar nicht. Also kann ich auch nach Hause gehen!«

»Aber vielleicht hilft er dir ja später.«

»Ach und wann?«

»Morgen vielleicht. Mal sehen.«

»Ph!«, machte Tamara. »Los, komm.« Sie marschierte einfach los und bog in den nächsten Gang ein, ohne seine Antwort abzuwarten.

Konrad lief hinter ihr her und überlegte fieberhaft, wie er

sie umstimmen sollte. Er wollte nicht, dass Tamara einfach so nach Hause ging. Erstens kannte er sie von allen hier am besten. Und außerdem hatte sie bestimmt unrecht. Dr. Wudu hatte eben viel zu tun. Er musste sich schließlich auch noch um die anderen Kinder kümmern. Und irgendwann würde er sich sicher die Zeit dafür nehmen, ihren Magnetismus komplett abzuschalten ... Und dann würde er sich hoffentlich auch die Zeit dafür nehmen, Konrads Telekinese komplett *ein*zuschalten!

»Vielleicht hast du ihn ja falsch verstanden.«

Tamara schritt so kräftig aus, dass er fast schon rennen musste, um mit ihr Schritt zu halten. »Quatsch. Er hat Nein gesagt.« Sie streckte prüfend ihren magnetischen Arm aus und bog in den nächsten Gang ein.

Er sah sich verwirrt um. Das konnte doch unmöglich der richtige Weg zum Ausgang sein! Wahrscheinlich hatten sie sich schon total verlaufen und ...

»Na bitte!«, sagte Tamara, öffnete eine Glastür und betrat die große Empfangshalle.

Als sie zum Tor hinausmarschieren wollte, stellten sich ihr plötzlich die beiden Gorillas in den Weg.

»Darf man mal fragen, wo das Fräulein hinwill?«, fragte der eine Scholz.

»Zur nächsten Bushaltestelle«, sagte Tamara.

Scholz Nummer 2 begann zu gackern. »Hier gibt es keinen Bus«, sagte er.

»Dann eben zum Bahnhof.«

Die beiden Brüder machten ein paar große Gorillaschritte

auf Tamara zu, sodass ihr nichts anderes übrig blieb, als zurückzuweichen.

Konrad bekam schon wieder Schweißausbrüche. Er mochte es ganz und gar nicht, irgendwo nicht hinauszukönnen ... Er fuhr nicht mal gerne Fahrstuhl.

»Ich will aber aufs Klo!«, rief er. Eine bessere Ausrede fiel ihm gerade nicht ein.

»Bitte, gleich hier links«, sagte Scholz 1 und deutete hilfsbereit auf eine Tür.

Tamara stapfte wutschnaubend wieder zu der Glastür zurück, durch die sie gekommen waren, und Konrad folgte ihr mit einem seltsamen Gefühl im Bauch. Hinter sich hörten sie das zweistimmige gackernde Gekicher der beiden Scholze.

Er und Tamara liefen eine Weile schweigend nebeneinanderher. Konrad begriff nicht, warum die Gorillas das Tor bewachten und niemanden hinausließen ... Es musste doch irgendeine logische Erklärung dafür geben. Wahrscheinlich irgendwas mit der Aufsichtspflicht, überlegte er. Ja, ganz bestimmt. Dr. Wudu bekam sicher Ärger, wenn er die Kinder im Kindercamp nicht gut genug beaufsichtigte ...

Plötzlich blieb Tamara wie angewurzelt stehen und packte ihn am Arm.

»Was ist?«

»Da, den kenn ich doch!«, zischte sie.

Weit hinten sahen sie eine magere Gestalt in einem blauen Kittel, die ihnen entgegenkam. Sie war recht klein, offenbar ein Kind. Es war ein Junge. Links trug er einen Eimer und rechts einen Schrubber, der traurig hinter ihm herschleifte.

»Ist das nicht der Sprechstundenhelfer aus Dr. Wudus Praxis?«

Tatsächlich. Der Junge hielt den Kopf gesenkt, aber Konrad erkannte ihn an seinen gezackten Haaren, die wie Blitze kreuz und quer vom Kopf abstanden. Er schien sie nicht bemerkt zu haben und verschwand plötzlich in einem der vielen Räume.

Konrad und Tamara rannten bis zur Tür.

BDJK-312 KÜNSTLERGARDEROBE stand auf dem kleinen Schild an der Milchglaswand. Konrad drückte die Klinke herunter.

Als sie eintraten, zuckte der Junge erschrocken zusammen und stolperte über seinen Putzeimer, sodass eine ganze Menge Wasser herausschwappte.

»Was machst du denn hier?«, fragte Konrad.

»Ich ... Ich helf hier nur aus«, stammelte der Junge. Er ließ sich auf einen Stuhl sinken und starrte wie gebannt auf die große Wasserpfütze, die sich langsam auf ihn zubewegte. Sein Blick wirkte so entsetzt, als wäre sie ein lebensgefährlicher Strom aus kochend heißer Lava.

»Entschuldigung, dass wir dich erschreckt haben. Ich bin übrigens Tamara.« Sie ging ein paar Schritte auf ihn zu und wollte ihm die Hand geben.

Der Junge zog blitzschnell beide Hände zurück und versteckte sie hinter seinem Rücken. So langsam fand Konrad sein Benehmen etwas merkwürdig ...

»Was hast du denn?«, fragte Tamara und runzelte die Stirn.

Es dauerte eine ganze Weile, bis der Junge antwortete. Schließlich stieß er einen langen Seufzer aus und sagte leise:

»Es ist zu gefährlich, mir die Hand zu geben. Ich bin nämlich elektrisch.«

Konrad und Tamara starrten ihn erschrocken an.

Er kramte in den Taschen seines Kittels, zog ein paar gelbe Putzhandschuhe aus Gummi hervor und streifte sie über.

Eigentlich hieße er Karl, erzählte er. Allerdings nannten ihn alle immer nur Zitterkarl, denn er hatte schon im Kindergarten damit begonnen, elektrische Schläge zu verteilen – zuerst, ohne es zu wissen.

»Wenn ich ein Kind berührt hab, fing es furchtbar an zu zittern. Was natürlich am Strom lag, aber die Ärzte brauchten eine ganze Zeit, um festzustellen, dass ich total unter Spannung stehe. Je älter ich werde, desto stärker wird der Strom. Deswegen muss ich eigentlich immer Gummihandschuhe tragen.« Er hob seine gelben Gummihände und lächelte ein kleines trauriges Lächeln.

»Ich weiß genau, wie so was ist«, seufzte Tamara und blickte ihn mitfühlend an.

»Bist du etwa auch elektrisch?«

»Nee, magnetisch.«

Zitterkarl musste plötzlich lachen, und für den Bruchteil einer Sekunde meinte Konrad ein paar knisternde Funken zu sehen, die ihm aus den Ohren flogen.

»Warum machst du nicht beim Kindercamp mit?«, fragte er. »Dr. Wudu kann dich bestimmt heilen.«

»Pah, ausgerechnet der!« Zitterkarl schnaubte verächtlich. »Erstens kann er es nicht. Und wenn er es könnte, würde er's bestimmt nicht tun ...«

Konrad merkte, wie sich seine Weltwut meldete.

»Quatsch!«, blaffte er. »Er will uns allen helfen! Deswegen macht er doch das Kindercamp! Damit es uns hinterher besser geht!«

Zitterkarl blickte ihn mitleidig an, als hätte Konrad etwas ungeheuer Dummes gesagt.

»Nein«, erwiderte er schließlich. »Dr. Wudu will niemandem helfen. Er braucht Euch nur für seine Fernsehsendung heute Abend. Damit die Zuschauer beeindruckt sind oder Mitleid haben, wenn sie solche Kinder sehen wie euch. Und damit möglichst viele hinterher einen Haufen Geld auf sein Konto überweisen. Und wenn die Sendung vorbei ist, wird er euch allen erzählen, dass er leider krank geworden ist und das Kindercamp deswegen ausfällt.«

Luftpost

Milli hatte einen seltsamen Traum. In dem Traum ging Dr. Wudu zu einem altmodischen Barbier, um sich seinen langen Bart abrasieren zu lassen. Jedes Mal wenn der Barbier gerade mit der Rasur beginnen wollte, machte es plötzlich klack, die Tür ging auf, und Dr. Wudu betrat den Barbiersalon erneut. Es war, als hätte der Laser eines CD-Players sich irgendwie verhakt, der Traum ging und ging einfach nicht weiter! Aber dann erschien plötzlich eine uralte runzelige Dame in dem Laden. Sie zückte einen kleinen roten Schraubenzieher, und in null Komma nichts reparierte sie den alten Plattenspieler des Barbiers, der schon seit Ewigkeiten nicht mehr funktionierte. »Jetzt geht er wieder!«, sagte sie zufrieden. Kurz darauf kam Dr. Wudu ungefähr zum hundertsten Mal herein, nahm auf dem Rasierstuhl Platz und blieb endlich so lange sitzen, bis der Bart abrasiert war. Da lächelte die runzelige Dame, schaute ihn an und sagte: »Mein lieber Enkel, nun sehe ich endlich einmal wieder dein Gesicht!«

Danach wachte Milli auf. Im Traum war das rasierte Gesicht des Heilers nur kurz zu sehen gewesen. Aber dieser Moment hatte genügt. Milli war sich sicher, dass sie Dr. Wudu irgendwann schon einmal gesehen hatte – vor langer Zeit, ohne Bart und sehr viel jünger.

Als sie verschlafen in der Küche erschien, saßen dort Arabella, Vera und Monalisa und zerbrachen sich gerade die Köpfe darüber, warum Konrad wohl bei Dr. Wudu gewesen war.

»Guten Morgen, mein Schatz«, sagte Arabella, die dunkle Ränder unter den Augen hatte. »Du hast wohl auch nicht so gut geschlafen?«

Milli schüttelte den Kopf.

Das Telefon klingelte.

Arabella rannte ins Wohnzimmer und kam sofort wieder zurück. »Für dich«, sagte sie und lächelte zum ersten Mal, seit Konrad verschwunden war. »Ich glaube, du hast einen neuen Verehrer!«

Milli runzelte die Stirn und ging hinüber.

»Hallo«, tönte Ivos Stimme aus dem Hörer. »Mir ist was eingefallen. Wir könnten doch noch mal in die Praxis gehen und diesen Sprechstundenjungen fragen, ob er sich an Konrad erinnert ...«

»Samstags ist die Praxis doch geschlossen«, sagte Milli. »Aber mir ist auch noch etwas eingefallen: Ich hab diesen Wudu irgendwann schon mal gesehen, und zwar ohne Bart. Ich weiß nur nicht, wo. Außerdem bin ich mir sicher, dass er gar nicht Dr. Wudu heißt, sondern irgendwie anders.«

»Aha. Und wie?«

»Wenn ich das wüsste!«

»Ich schau mal im Computer, ob's da einen Dr. Wudu gibt«, sagte Ivo. »Komm doch schnell rüber.«

Eine halbe Stunde später saßen die beiden in Ivos Zimmer hoch oben im zwölften Stock und starrten auf die Gesichter der vielen Dr. Wudus, die die Suchmaschine gefunden hatte.

»Mist«, sagte Ivo. »Es gibt Dr. Wudus auf der ganzen Welt, Tausende! Hier: Dr. Xingping Wudu, Dr. Klaus Müller-Wudu, Dr. John Wudu, Dr. Vadim Wudu-Korsakoff ...« Er zeigte auf einen rotnasigen Mann mit einer dicken Pelzmütze. »Ich hab mir jetzt schon zwanzig Seiten Wudus angesehen, aber unserer war nicht dabei.«

Milli knetete ihre Unterlippe zwischen Daumen und Zeigefinger. »Er heißt in Wirklichkeit anders. Irgendwas mit Wischiwaschi ...«

»Wischiwaschi?«

»Nein, natürlich nicht, aber es klang so ähnlich.« Sie stand auf und ging zum Fenster hinüber. Von Ivos Zimmer aus blickte man auf einen kleinen Spielplatz, der in der Mitte der Hochhaussiedlung lag. Spielende Kinder waren nicht zu sehen, dafür aber eine alte Dame, die barfuß im Sandkasten stand. Sie trug eine Tüte voller Brot und fütterte einige Krähen, die auf der Kletterstange hockten und sich schnarrend um die besten Bissen stritten.

»Das ist Oma Jaletzke aus dem ersten Stock«, erklärte Ivo. »Sie füttert jeden Tag die Vögel, obwohl der Hausmeister es ihr verboten hat.«

Immer mehr Krähen kamen herbeigeflogen und landeten neben Oma Jaletzke im Sand.

Ivos Mutter steckte den Kopf zur Tür herein. »Ivo, ich bin kurz weg. Ich geh noch mal rasch ...«

»Raschnapur!«, brüllte Milli.

»Wie bitte?«

»So hieß er, Raschnapur!«, rief Milli begeistert. »Oh, vielen Dank, Sie haben uns sehr geholfen!«

Frau Murmanski schüttelte den Kopf und schloss die Tür wieder.

Ivo stürzte zum Computer und gab »Dr. Raschnapur« ein.

BENNY

»Na also: Dr. Kamal Raschnapur! Das könnte er sein.« Er klickte das Bild an, um es zu vergrößern.

Dr. Kamal Raschnapur bei einer Wunderheilung in Bombay lautete der Text darunter.

Auf dem Foto war ein Mann zu sehen, der einem knienden Mädchen die Hand auf den Kopf legte. Milli schaute genau hin. Der Mann hatte dieselben Augen wie Dr. Wudu, nur ohne Schminke, und er hatte dasselbe Gesicht, nur ohne Bart. Es war genau dasselbe rasierte Gesicht, das sie im Traum gesehen hatte!

Plötzlich stutzte sie.

»Was ist?«, fragte Ivo.

»Da, siehst du das?« Milli zoomte das Bild heran. »Die Frau da ...« Sie zeigte auf die Zuschauer, die Dr. Wudu und das Mädchen umringten.

Gleich in der ersten Reihe stand eine blonde elegante Dame, die dem Heiler voller Bewunderung zulächelte. Sie trug ein schneeweißes Kleid, und ihre Frisur war ziemlich ungewöhnlich, denn sie ähnelte einem Ballon ...

»O nein«, stöhnte Ivo.

Arabella bekam vor Schreck tellerrunde Augen, als Milli und Ivo ihr das ausgedruckte Foto zeigten.

»Mrs Stone und dieser Wudu sind befreundet«, erklärte Milli. »Ich erinnere mich, dass sie uns irgendwann mal zusammen besucht haben. Ist aber schon Ewigkeiten her. Da war ich fünf oder sechs.«

»O Gott, vielleicht hat Mrs Stone ja etwas mit der ganzen

Sache zu tun!«, jammerte Arabella. »Vielleicht hat sie Konrad entführen lassen, um sich zu rächen, und hält ihn nun irgendwo gefangen und gibt ihm nichts zu essen!«

»Ach was, die Alte hat doch eine Heidenangst vor ihm!«, widersprach Ivo.

»Wenn ich ihm nur helfen könnte.« Arabella rang verzweifelt die Hände. »Oder ihm wenigstens eine telepathische Taube schicken könnte, um ihn zu warnen.«

»Wir könnten doch neue fangen«, schlug Milli vor.

»Das nutzt nichts. Der Trank wirkt leider nicht sofort, sondern versetzt die Vögel erst mal für ein paar Tage in Tiefschlaf«, erklärte Arabella.

»Hä-hem!« Von der Küchenlampe tönte ein krächziges Räuspern zu ihnen herunter.

Krax landete auf dem Tisch und ließ klirrend ein kleines Metallröhrchen fallen.

»Was ist das denn?«, fragte Ivo.

»Ein Röhrchen zum Transportieren für Brieftaubenpost«, erklärte Arabella. »Man bindet es an einem Bein ...«

»Hä-hä-hem!« Krax hob ein Bein.

»Wie konnte ich das nur vergessen!«, rief Arabella und schlug sich mit der Hand an die Stirn. »Krax hat ja auch von dem Trank getrunken! Also könnten wir *ihn* doch schicken!«

»Was, der Trank wirkt auch bei Raben?«, erkundigte sich Ivo interessiert.

»Ja. Bei Tauben, Raben und Krähen«, sagte Arabella. »Oh, mein lieber alter Klapperschnabel! Würdest du das wirklich für mich tun?«

Der Rabe nickte und holte ihr einen Stift.

Arabella schrieb:

Mein lieber Konrad,
bitte komm schnell nach Hause, ich mache mir solche Sorgen!
Vorsicht vor diesem Dr. Wudu, er steckt mit Mrs Stone unter einer Decke!
Sei umarmt von Deiner Mutter (Arabella)

Sie rollte den Zettel zusammen, schob ihn in das kleine Röhrchen und befestigte es an Krax' linkem Bein. Dann setzte sie ihm seine Fliegerbrille auf, und Krax war startklar.

»Grüß schön, ja?«

»Krah!«

Milli öffnete das Fenster, und Arabella packte den Raben mit beiden Händen, hielt ihn fest und murmelte dreimal hintereinander: »An Konrad, an Konrad, an Konrad!«

Dann ließ sie los.

Mit einem entsetzlich lauten Pfeifen schoss Krax wie eine Silvesterrakete durchs Fenster in den Himmel hinauf und war schon Sekunden später nicht mehr zu sehen.

»Monstermäßig!«, rief Ivo, was wohl seine Art war, Begeisterung auszudrücken. »Könnt ich von dem Trank vielleicht ein Fläschchen haben?«

»Wozu brauchst du ihn denn?«, fragte Arabella vorsichtig. »Damit ist wirklich nicht zu spaßen.«

»Och, nur um ein paar Tauben zu verschicken«, sagte er und setzte sein nettestes Lächeln auf. »An meinen Onkel in Timbuktu.«

Milli merkte sofort, dass Ivo log.

»Na gut, ausnahmsweise«, seufzte Arabella. Dann stand sie auf und stieg die Treppe in den Kräuterladen hinunter, um ihm ein Fläschchen *Columba telepathica* zu holen.

Ein großer Star

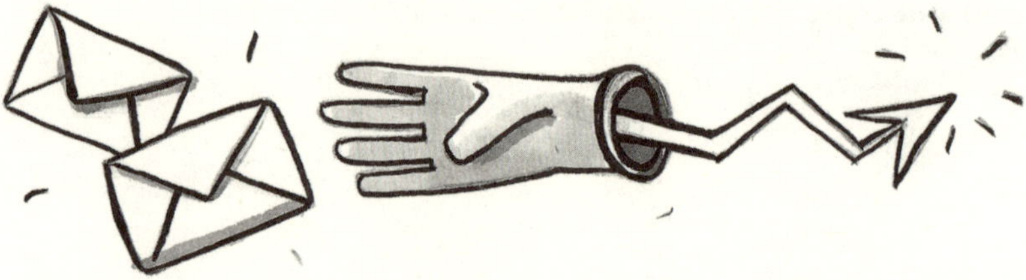

»Na bitte«, sagte Tamara. »Hab ich doch gleich gesagt, dass Wudu uns nicht helfen will.«

Konrad spürte die Weltwut mit einem Mal so heftig, dass es ihm fast wehtat. »Du lügst«, fuhr er Zitterkarl an. »In dem goldenen Brief stand, dass man im Kindercamp lernen kann, seine Fähigkeiten so zu nutzen, wie man sie braucht!«

»Ich weiß, was da drinsteht«, sagte Zitterkarl. »Ich hab die Briefe selbst gefaltet und in die Umschläge gesteckt. Aber es stimmt leider nicht. In Wirklichkeit interessiert Dr. Wudu nämlich nur eins: dass du deine Fähigkeiten so nutzt, wie *er* es braucht!«

»Du willst den Heiler doch bloß schlechtmachen!«, schnauzte Konrad. »Weil du ihn aus irgendeinem Grund nicht leiden kannst ...«

Zitterkarl schwieg eine ganze Weile.

»Stimmt«, sagte er schließlich traurig. »Ich hasse ihn.«

Tamara legte mitfühlend ihre sonnenbraune Hand auf seine gummigelbe. »Aber wieso arbeitest du dann für ihn?«

Der elektrische Junge blickte sie erstaunt an, als könnte er gar nicht fassen, dass sich jemand für ihn und seine Probleme interessierte.

Dann erzählte er seine traurige Geschichte:

Als seine Eltern gemerkt hatten, dass ihr Sohn elektrisch war, gaben sie ihn in ein Heim, denn ein Kind, das unter Strom stand, wollten sie nicht. Nach einiger Zeit war Dr. Wudu in dem Heim aufgetaucht, hatte Zitterkarl mitgenommen und bald darauf adoptiert.

Zuerst war Zitterkarl überglücklich gewesen, endlich ein Zuhause zu haben. Aber es dauerte nicht lange, bis sich herausstellte, dass Wudu alles andere als ein guter Vater war. Er war ungeduldig und jähzornig. Und er schlug Zitterkarl sogar oder sperrte ihn stundenlang in seinem Zimmer ein.

»Erst gestern hat er mich wieder geschlagen, weil ich vergessen habe, die Schatulle auf seinem Schreibtisch mit goldenen Briefen aufzufüllen ...«

»Was für ein Fiesling!«, rief Tamara entrüstet.

»Danach hab ich einfach leere Blätter in die Umschläge gesteckt. Damit nicht noch mehr Kinder herkommen«, fuhr Zitterkarl fort. »Dauernd verlangt er, dass ich irgendetwas für ihn tue ... Manchmal ...« Er zögerte. »Manchmal auch ganz schlimme Dinge.«

»Was für schlimme Dinge?«, fragte Konrad.

»Verbrechen«, flüsterte Zitterkarl. »Einmal hat er mich gezwungen, mitten in der Nacht einen riesigen Stromausfall zu verursachen. In der Stadt, in der wir damals wohnten, gingen überall die Lichter aus. Und als es stockfinster war, brach seine

Freundin in ein Museum ein und stahl dort einen Hut aus Gold. Keiner hat was bemerkt, weil durch den Stromausfall auch die Alarmanlagen nicht mehr funktionierten.« Zitterkarl biss sich auf die Lippen. »Der Hut aus Gold war superwertvoll. Und ich bin schuld, dass er geklaut wurde!«

Konrad und Tamara blickten sich entgeistert an.

Im nächsten Moment knallte etwas scheppernd von außen gegen die Tür.

Die drei fuhren erschrocken herum und sahen hinter der Milchglasscheibe einen seltsamen schwarzen Schatten am Boden.

Zitterkarl runzelte die Stirn. Dann ging er hinüber und öffnete mit einem Ruck die Tür.

Eine schwarze Federkugel schoss herein, rollte und schlitterte wie von einem ultrastarken Staubsauger angesaugt auf Konrad zu und blieb an seinen Beinen kleben.

»KRAX!« Konrad hatte sich schon lange nicht mehr so ge-

freut, seinen ältesten Freund zu sehen. »Was machst du denn hier?«

Der Rabe lugte unter einem Flügel hervor und blickte benommen zu ihm hoch. Seine Fliegerbrille war verrutscht und saß ganz schief, und sein Kopf wackelte hin und her.

Konrad strich ihm das zerzauste Gefieder glatt und nahm ihn auf den Arm.

»Da hängt ja ein Röhrchen an seinem Bein«, wunderte sich Tamara.

»Jaja ...«, sagte Konrad lässig, als hätte er es längst bemerkt und nur deswegen nichts gesagt, weil es für ihn das Normalste von der Welt war. »Das ist sicher Post für mich.« Gewöhnliche Kinder hatten langweilige Handys und bekamen langweilige SMS-Nachrichten ... Er dagegen hatte einen eigenen Luftpostboten, der ihm seine Briefe brachte!

Er öffnete das Röhrchen und las die Botschaft. Und als er zu der Stelle kam, wo *Deine Mutter (Arabella)* stand, spürte er, dass ihm trotz Weltwut plötzlich ganz warm ums Herz wurde. Vielleicht hatte er sich ja geirrt, und Arabella fand ihn als Sohn im Grunde ganz in Ordnung ... Vielleicht ja sogar *ohne* Telekinese.

»Ist Mrs Stone auch hier?«, fragte er Zitterkarl.

Zwischen Zitterkarls Drahthaaren sprangen zischend ein paar kleine Blitze hin und her. »Was, du kennst sie?«, rief er verblüfft. »Sie ist gerade eben angekommen.«

»Wir möchten ihr nicht so gern begegnen«, erklärte Tamara hastig.

»Da seid ihr hier genau verkehrt. Sie zeigt dem Stargast, der nachher in der Fernsehsendung auftritt, gerade den Glaspalast ... und das hier ist die Künstlergarderobe!« Er deutete auf den großen Schminktisch mit dem Kopf aus weißem Kunststoff, der eine rote Lockenperücke trug. »Am besten sag ich euch schnell den kürzesten Weg zum Ausgang: B112 links runter, dann U676 geradeaus, bis es nicht mehr weitergeht, dann rechts A222, dann durch die kleine Tür in den Raum mit den Putzeimern, dann durch die zweite kleine Tür auf der anderen Seite wieder raus, dann ...«

Draußen waren klickernde Damenschritte zu hören, die sich eilig näherten. Und im nächsten Moment hallte eine wohlbekannte Stimme durch den Korridor, eine Stimme mit englischem Akzent!

Konrad brach der kalte Schweiß aus.

»Schnell«, flüsterte Zitterkarl und riss die Tür zur Kostümkammer auf. Tamara, Konrad und Krax flüchteten in einen kleinen Raum mit Kleiderständern und Regalen, in denen sich schaurige Monsterköpfe aus Plastik aneinanderreihten. Dann wurde es dunkel um sie. Nur ein dünner Lichtstrahl fiel durch das Schlüsselloch. Sie hielten den Atem an und horchten.

»Es ist würglick absolut wandervoll, dick zu haben in meine Show!«, sagte Mrs Stone, die soeben den Raum betrat. Ihre Stimme überschlug sich vor Begeisterung. »Oh, du bist eine Glucksfall, eine Wundörr, ein Genie, ein ... Was hast du hier zu suken, du vörrdammte Idiot!« Offenbar hatte sie Zitterkarl bemerkt.

»Ich mache nur sauber ...« Konrad hörte das Scheppern des Putzeimers und leises Wasserplätschern.

»Dann abörr dalli!«, schnauzte Mrs Stone und wandte sich wieder dem großen Stargast zu. »Wir tun selbst-vörr-ständ-lick alles, damit du total zufrieden bist, mein Hörrz! Das hier ist deine lieblische Garderobe ... Also, was möcktest du für dieses wiiinzig kleine, suuuperkurze Auftritt, hmmm?«

»Ein Haus mit Swimmingpool!«, sagte die Stimme des großen Stars.

Konrad zuckte zusammen. Er presste sein linkes Auge an das Schlüsselloch und sah eine kleine Gestalt mit Ballonärmeln und schnurgeraden Haaren ...

Es war nicht zu fassen! Gesine war der große Star?

Mrs Stone schien es für einen kurzen Moment die Sprache verschlagen zu haben.

»WHAT?!«

»Ein Haus mit Swimmingpool«, wiederholte Gesine. »Und mindestens zehn Zimmern!«

»Du bist wohl verruckt geworden!«

»Dann lieber mit zwanzig Zimmern?«

»Du kleine, frecke Biest!«, keifte Mrs Stone. »Ick wörrde, ick wörrde ... Ick muss mal kurz telefonieren.«

Konrad sah, wie Mrs Stones rechte Hand ein schickes Handy aufklappte und der rot lackierte Nagel ihres Daumens eine Kurzwahltaste drückte.

Gemurmel war zu hören, dann fragte Mrs Stone:

»Ein Haus mit Badewanne?«

»Nein.«

Wieder Gemurmel.

»Ein Haus mit Kindörrplanschbecken?«

»Nein.«

Noch mehr Gemurmel.

»Ein Haus plus Jahresticket fur die Schwimmbad?«

»Nein«, sagte Gesine. »Ein Haus mit zehn Zimmern und Swimmingpool und dieses schwarz-weiß gestreifte Handy da, das ist nämlich echt cool!«

»Du mackst uns arm wie Örrdbörrmäuse!«

»Wie Kirchenmäuse«, verbesserte Gesine.

»Örrdbörrn oder Körrschen, jedenfalls arm!«, knurrte Mrs Stone. Sie klappte ihr Handy zu und drückte es Gesine in die Hand. »Viele Grußen von Dr. Wudu ... Und nun zu dein Auftritt: Du kommst ganz zum Schluss und sagst, dass die lieben Zuschauörrn fur die armen, armen Kindörn spenden sollen. Genau in die Kamera – klar?«

»Klar.«

»Und dann kommt unsörrn Kontonummer, und das ist die Ende von die Show!«

»Okay.«

Konrad fiel plötzlich das Chaos im Reptilienhaus wieder ein, und in diesem Moment wurde ihm klar, warum Gesine der große Stargast war. Sie konnte die Gedanken anderer Menschen steuern wie keine andere. Sie hatte die Zoobesucher dazu gebracht, Kurt und Herrn Schönlein auszubuhen, obwohl diese Kurt und Herrn Schönlein eigentlich liebten. Sie hatte Frau Weber-Knecht und fast die ganze Klasse gegen Konrad aufgewiegelt, obwohl allen sein Rabenreferat eigentlich gefallen hatte. Sie hatte ihn sogar beinahe dazu gebracht, ihr seinen Schokobomber zu schenken, obwohl es sein Lieblingseis war! Wenn Gesine in eine Fernsehkamera blickte und den Leuten an den Bildschirmen erzählte, dass sie Geld spenden sollten, dann spendeten mindestens neunzig Prozent der Zuschauer sofort Geld. Und wenn Gesine außerdem noch so traurig guckte, wie sie es bei dem Schokobomber getan hatte, würden neunzig Prozent der Zuschauer sogar das Doppelte von dem spenden, was sie eigentlich spenden wollten. Superstar Gesine machte Dr. Wudu und Mrs Stone nicht arm wie Kirchenmäuse, sondern steinreich. Und das wusste sie.

Die Weltwut in Konrads Bauch begann so heftig zu rumoren, dass er seinen ganzen Willen zusammennehmen musste, um nicht loszubrüllen.

»Ick lade dick zu eine Eisbescher ein«, sagte Mrs Stone gerade. »Im Glaspalast-Restaurant. Du musst dick stärken, for die Show! Dein Rucksack kannst du hierlassen.«

»Eis im Becher mag ich nicht«, maulte Gesine. »Aber habt ihr Schokobomber?«

»Alles, was du willst!«

Konrad hörte, wie die Milchglastür zuklappte.

Zitterkarl öffnete die Tür zur Kammer, und als Konrad heraustrat, war das Erste, was ihm ins Auge fiel, der rosafarbene Rucksack mit dem Ponykopf, der auf dem Schminktisch stand. Er war

halb offen, und oben guckte Mrs Stones Zebrahandy heraus, das nun Gesine gehörte.

»Wo findet diese Fernsehshow eigentlich statt?«, fragte er Zitterkarl.

»Im großen Kuppelsaal. Die Kameraleute sind schon dort.«

»Kannst du uns nicht hinführen?«

Zitterkarl deutete auf seinen Eimer. »Aber ich muss doch arbeiten! Was willst du denn da?«

Konrad zuckte mit den Achseln. »Weiß ich noch nicht. Vielleicht können wir ja irgendetwas tun, um die Sendung ein bisschen zu stören!«

»Krah!«, krähte Krax begeistert.

»Au ja!«, sagte Tamara.

Konrad lächelte und streichelte Krax über den rabenschwarzen Rücken. Er war froh, dass sie sich wieder vertrugen.

Zitterkarl stellte Schrubber und Eimer in die Ecke. »Also gut«, sagte er.

Der Kuppelsaal war gar nicht so weit entfernt, wie Konrad vermutet hatte. Zwei Minuten später waren sie da – allerdings war der Weg so kompliziert gewesen, dass sie ohne Zitterkarls Hilfe nie im Leben hingefunden hätten.

Weit über ihnen fiel durch die hohe Glaskuppel rötliches Abendlicht herein. Stimmen und Musik hallten durch den Saal, Scheinwerfer flammten für Sekunden auf und erloschen sofort wieder. Hinter einem Mischpult kauerte ein langhaariger Mann mit Kopfhörern.

Zitterkarl deutete zur Bühne, die sich etwas weiter hinten befand. Auf dem Podium stand ein langer Tisch mit Gläsern und kleinen Mineralwasserflaschen, und in der Mitte hing ein Schild von der Decke, auf dem in großen Buchstaben zu lesen war:

HIMAK
HILFE FÜR MAGISCHE KINDER

Tamara, die sich sehr für Technik interessierte, lief zum Mischpult hinüber, um dem Kopfhörermann ein paar Fragen zu stellen.

Kurz darauf dröhnte Fräulein Laras Stimme durch den Saal. Sie kam mit ihrem Klemmbrett unterm Arm hereinmarschiert, und sprach dabei durch ein Megafon. Hinter ihr stapften der Navigator, der Fledermausjunge und die sechs anderen Kinder.

Zitterkarl zog Konrad rasch hinter einen riesigen Lautsprecher.

Fräulein Lara blieb stehen und drehte sich blitzschnell um. »Das hier ist eure Bühne!«, quakte sie durch ihr Megafon, so laut, dass der Navigator sich die Ohren zuhielt. »Eure große Chance! Heute beginnt euer neues Leben, ein Leben als Star! Um 20.15 Uhr gehen wir auf Sendung! Vorher werdet ihr geschminkt und umgezogen. Wichtig: Jedes Kind muss eine Perücke tragen!«

Vom Mischpult kam ein schleifendes Geräusch. Tamara hatte versucht sich zu verstecken und war dummerweise an einem Mikrofonständer kleben geblieben.

»Wo befindet sich denn die Sendeantenne?«, erkundigte sich Konrad flüsternd.

HIMAK
Hilfe für magische Kinder

»Außen am Gebäude«, flüsterte Zitterkarl zurück.

»Wenn wir die zerstören würden ...«

»Bist du wahnsinnig?« Zitterkarl blickte ihn ängstlich an. »Dr. Wudu würde ...«

Eine donnernde Stimme ließ ihn verstummen. »Du da! Rüber mit dir zu den anderen!« Sie lugten vorsichtig um die Ecke und sahen Dr. Wudu, der neben Fräulein Lara aufgetaucht war und Tamara zu sich winkte. »Wird's bald?«

Tamara rührte sich nicht vom Fleck.

Dr. Wudu schritt zum Mischpult und packte sie hart am Arm.

»Ich will nach Hause!«, rief sie trotzig.

»Du gehst jetzt da rüber!«, brüllte Dr. Wudu. Er hob Tamara am Kragen hoch und schüttelte sie, dass der Mikrofonständer, der an ihrem Rücken klebte, hin und her schlackerte wie das Pendel einer Standuhr.

Als er sie wieder auf die Beine stellte, taumelte sie einen Moment. Dann trottete sie mit gesenktem Kopf zu Fräulein Lara hinüber, wobei der Metallständer bei jedem ihrer Schritte kratzend über den Boden schleifte.

Konrad sah, wie Zitterkarl ihr nachblickte und sich auf die Lippen biss. Er hatte Tränen in den Augen.

»Komm mit«, flüsterte er schließlich und deutete mit einem Kopfnicken nach hinten. »Ich zeig dir die Antenne!«

Magische Kinder in Not

Ivo hatte sich eilig verabschiedet mit der Begründung, noch schrecklich viel erledigen zu müssen. Milli glaubte ihm kein Wort. Sie war sich sicher, dass er mit Arabellas Trank irgendetwas vorhatte, es aber nicht verraten wollte.

Der Nachmittag war ganz anders als an den anderen Tagen davor. Es war das erste Mal, dass Milli mit Arabella allein war. Sogar Krax war fort. Eigentlich fand sie es sehr schön, so zu zweit. Sie sprachen ein bisschen über Yasir, und Arabella versuchte sich so genau wie möglich zu erinnern, wie und wo sie ihn damals kennengelernt hatte. Aber dann, als es gerade spannend wurde, fing sie aus heiterem Himmel an zu schluchzen und redete plötzlich wieder nur von Konrad.

»Ach, hoffentlich ist er Mrs Stone nicht in die Arme gelaufen. Hoffentlich ist Krax rechtzeitig bei ihm angekommen. Hoffentlich geht es ihm gut.« Sie trötete in ein Taschentuch.

Milli blickte betreten zu Boden.

»Entschuldige«, sagte Arabella. Sie strich über Millis dunkelbraune Locken. »Tut mir leid, dass hier gerade alles schiefläuft. Dabei habe ich mich so sehr auf dich gefreut ... Elf Jahre lang! Und nun bist du endlich da, und alles dreht sich nur um Konrad, Konrad, Konrad ...«

Milli merkte, dass sie einen Kloß im Hals hatte.

Arabella warf die Taschentücher im hohen Bogen hinter sich und sprang auf. »Schluss jetzt mit der Heulerei! Jetzt unternehmen wir zwei beide etwas Schönes!«

Zuerst stiegen sie in die Streifenente und brausten zum Drachenberg. Milli wurde fast ein bisschen mulmig zumute, als der Wagen die Straße hinaufraste und sich dabei schaukelnd und quietschend in die Kurven legte. Oben angekommen, parkten sie neben der Pappel, setzten sich ins Gras und genossen die herrliche Aussicht. Der Himmel war klar und blau, und nach einer Weile tauchte am Horizont tatsächlich eine telepathische Taube auf, die Kurs auf den Drachenberg nahm und direkt auf Arabella zusteuerte!

»Das ist eben der enorme Vorteil an telepathischer Post«, schwärmte sie. »Man bekommt sie jederzeit und überall!«

Es war ein Brief aus Japan. *»Komm mal wieder her, dann lad ich dich zum Sushi-Essen ein!«*, lautete die Botschaft. *»Deine alte Freundin Shoji vom Fudschijama.«*

Danach wollte Milli in den Zoo, um Kurt zu besuchen, das weltberühmte Krokodil, das eigentlich ein Alligator war. Leider bekam Arabella im Reptilienhaus schon wieder einen Sorgenanfall, der aber gleich viel besser wurde, als Milli ihr versicherte, dass Krax bestimmt hervorragend auf Konrad aufpasste.

Auf dem Nachhauseweg hielten sie kurz bei »Yalla!«, einem arabischen Imbiss, wo Arabella fürs Abendessen Unmengen verschiedener Vorspeisen kaufte. Milli war begeistert und probierte zum ersten Mal in ihrem Leben Fladenbrot mit

Auberginenpaste, Sesam-Mus, frittierte Kichererbsenbällchen, gefüllte Weinblätter und Petersiliensalat mit frischer Minze. Es schmeckte toll!

In den Abendnachrichten wurde wieder ein Bild von Gesine gezeigt. Außerdem sah man die Gesichter von neun anderen Kindern, die in den letzten Tagen ebenfalls spurlos verschwunden waren.

»Die Polizei meldet, noch gebe es keine heiße Spur«, sagte der Nachrichtensprecher mit ernster Miene. *»Es sei jedoch davon auszugehen, dass alle diese Fälle miteinander in Zusammenhang stehen …«*

»Ogottogott, vielleicht hätte ich doch zur Polizei gehen sollen!«, jammerte Arabella.

»Das ist ja Tamara!«, rief Milli und sprang vom Sofa auf. Sie deutete auf eines der eingeblendeten Fotos.

»Welche Tamara?«, fragte Arabella.

»Das magnetische Mädchen aus dem Arkana-Zentrum!«

»Oh.«

»Das waren die Nachrichten. Und nun die Live-Sendung Magische Kinder in Not. *Wir schalten direkt hinüber in den Glaspalast.«*

Eine Reporterin mit einem Mikrofon in der Hand lächelte in die Kamera und sagte: *»Magische Kinder in Not! Das ist das Thema des heutigen Abends, und neben mir steht Olivia Stone, die Gründerin des Vereins* Hilfe für magische Kinder, HIMAK*! Mrs Stone: Wozu der Verein, wozu diese Sendung?«* Sie hielt das Mikrofon vor Mrs Stones knallrot geschminkten Mund.

»Diesen armen magisch begabten Kindörrn leiden oft unter die

größten Problemen. Sie wörrden nickt gefördörrt, sie wörrden in die Schule ausgelackt und gehonselt. Oft finden die Eltörrn ihren eigenen Kindörrn mörrkwurdick und wollen nickts mit ihnen zu tun haben …«

»Aber was genau sind denn eigentlich magisch begabte Kinder?«, fragte die ungeduldige Reporterin.

Mrs Stones Augen funkelten so ärgerlich, als hätte sie in ihrem ganzen Leben noch keine dümmere Frage gehört. *»Schau meine Show, dann weißt du's!«*, blaffte sie ins Mikrofon.

Arabella und Milli starrten gebannt auf den Bildschirm, wo nun ein großer Glassaal zu sehen war, in dem an einem langen Tisch viele Kinder mit schwarzen Baseballkappen saßen, die sie tief in die Stirnen gezogen hatten. Lange wilde Haare quollen unter den Kappen hervor, und alle Kinder trugen die gleichen schwarzen T-Shirts, auf denen in großen weißen Buchstaben HIMAK stand. Offensichtlich hatten die T-Shirts auch alle dieselbe Größe, denn sie passten nicht besonders gut. Milli sah einen Jungen, der sich mit Mühe hineingezwängt haben musste und nun keuchend nach Luft schnappte – unter dem Stoff zeichneten sich deutlich vier übereinanderliegende Speckrollen ab, wie die Ringe eines Baumkuchens. Zwei schlanken Mädchen dagegen schlackerten die Hemden so um ihre Körper, dass sie ganz verhungert wirkten.

Eine blonde Moderatorin mit einem kurzen Röckchen und glänzenden weißen Stiefeletten lächelte in die Kamera.

»Coole Kids mit tollen Talenten!«, verkündete sie mit quakiger Stimme. *»Jedes dieser …«*, sie warf einen kurzen Blick auf das Klemmbrett in ihrer Hand, *»… neun Kinder besitzt eine schier unglaubliche Fähigkeit, die es heute zum ersten Mal vor laufenden Kameras vorführen wird. Kein Trick, kein doppelter Boden – alles ist echt!«*

Milli schaute sich die Gesichter der Kinder an. Keins kam ihr bekannt vor.

Von irgendwoher sprang ein Tontechniker herbei, der die Tischmikrofone in die richtige Position rückte. Als er das Mikrofon eines ungewöhnlich blassen Mädchens etwas näher an ihren Mund schob, geschah etwas Unerwartetes: Die Lippen des Mädchens begannen sich seltsam zu verziehen. Sie stülpten sich vor, als würden sie magisch angezogen, und im nächsten Moment klebte das Mikrofon mit seiner Stahlkappe am Mund des Mädchens fest!

Es begann zu schreien, während der Tontechniker an dem Mikrofon riss, was offenbar ziemlich wehtat. Tränen liefen dem Mädchen über die bleichen Wangen und hinterließen dort schmutzige Spuren. Und als sie auf den dunklen Tisch tropften, fiel Milli auf, dass sie weiß waren! Weiß wie weiße Schminke.

Weltwutwunder

Konrad ärgerte sich. Er und Zitterkarl kauerten schon seit einer Ewigkeit hinter den beiden Buchsbaumkugeln in der Empfangshalle und konnten nicht hinaus, weil Scholz und Scholz in ihren schicken blauen Uniformen am großen Glastor Wache schoben. Die Übertragung der Live-Sendung hatte längst begonnen! Und der Glaspalast besaß zwar hunderttausend Gänge, aber leider nur einen Ausgang.

Die Scholzbrüder *standen* nicht etwa Wache, sondern lümmelten gemütlich am Boden, der eine rechts, der andere links vom Glaseingang. Vor ihnen war eine ganze Anzahl leerer Bierflaschen aufgereiht, hübsch ordentlich hintereinander, als stünden die Flaschen an einer Haltestelle Schlange und warteten geduldig auf den Altglasbus.

Konrad spähte durch das Gewirr aus Zweigen und kleinen Blättern zum Tor hinüber.

»Weisse was, Rudi?«, sagte Scholz 1 gerade – seine Aussprache war ein bisschen undeutlich, was wohl an dem vielen Bier lag. »Gut, dassi alte Heggse uns hier nich sehn kann.«

Ein zweifaches zischendes Deckelploppen war zu hören. Dann das Klacken zweier Flaschen, die aneinanderstießen.

»Da hasse recht, Rudi«, nickte Scholz 2. Offenbar hatten die Eltern der Scholzbrüder den beiden einfach denselben

Vornamen gegeben, weil sie sie sowieso dauernd verwechselten. »Oder vleich isse ja unsichba und sieht uns doch? Heggsen könn das ja ... Huuuuuuh!«

Die beiden brachen in ein zweistimmiges grunzendes Gegacker aus.

Das konnte noch stundenlang so weitergehen! Jedenfalls machten die Brüder keine Anstalten, ihren Posten zu verlassen. Zu dumm, dass Krax nicht da war, um sie vom Tor wegzulocken. Aber Konrad hatte ihn mit der wichtigen Aufgabe betraut, sich sofort auf Gesine zu stürzen, wenn sie im Kuppelsaal mit ihrer Rede begann.

Zitterkarls Gummihand zupfte ihn am Ärmel. »Was ist denn das für eine komische Nadel da in deinem Ohr?«, flüsterte er. »Sind die gerade angesagt?«

Die Nadel! Konrad hätte ihn umarmen können, aber zum Glück fiel ihm rechtzeitig ein, dass das lebensgefährlich war. Dieses kleine feine Ding in seinem Ohr aktivierte ja den Punkt, mit dessen Hilfe sich wahre Wunder vollbringen ließen. Wie schnell man sich an eine Weltwut doch gewöhnen konnte! Er hatte die Nadel vollkommen vergessen und spürte kaum mehr, dass er schlechte Laune hatte.

»Ich zeig dir, wozu sie gut ist«, flüsterte Konrad. »Pass auf!« Er bündelte seine Gedanken und konzentrierte sich auf die Klinke des rechten Glastorflügels.

Eine unsichtbare Kraft drückte die Klinke herunter!

Scholz und Scholz schauten verdattert zu, wie der rechte Torflügel sich langsam öffnete. Von draußen wehte eine salzige Meeresbrise in die Halle.

»Runi …«, raunte Scholz 2 mit heiserer Stimme. »Das isse! Die Heggse!«

»Heggsen gibbs nich«, sagte Scholz 1.

Scholz 2 packte ihn am Ärmel. »Mönsch, Runi, guck ma … Da fliecht 'ne Bierflasche!«

»Fliecht? Wieso fliecht?« Scholz 1 hob den Kopf und sah, wie die Bierflasche an ihnen vorbei durchs Tor segelte. »Mann! Schnell hinnerher, das issi letzte!«

Die Brüder sprangen hastig auf, rannten hinaus und torkelten über den langen Steg Richtung Strand, immer der Flasche nach.

»Halld! Stehenbleim!«

»Bissu bescheuert? Die haddoch keine Ohrn!«

Ihre Stimmen entfernten sich.

»Wow!«, sagte Zitterkarl bewundernd.

Sie passierten das Tor und liefen die hölzerne Galerie entlang, die wie ein endloser Balkon um den gesamten Palast herumführte. Ringsum funkelten die Wellen im Abendlicht, und über ihren Köpfen vollführten kreischende Möwen wag-

halsige Flugmanöver, um kleine Fische an der Wasseroberfläche zu erwischen.

Als sie die Seeseite des Gebäudes erreicht hatten, deutete Zitterkarl hinauf zur Kuppel. »Die Sendeantenne ist da oben! Was genau hast du vor?«

An der Spitze der Glaskuppel war eine große Satellitenschüssel angebracht. Konrad schluckte. »Was, so hoch?« Er versuchte die Entfernung zu schätzen. Fünfzehn Meter waren es mindestens. »Du hast doch gesagt: außen am Gebäude!«

»Stimmt ja auch. Oben auf der Kuppel ist doch wohl außen am Gebäude!«

Konrad zuckte mit den Achseln und dachte an die enorme Energie der Weltwut. »Na gut, dann musst du eben auf die Kuppel rauf!«

»*Ich?* Wieso ich?« Zitterkarl starrte ihn entgeistert an.

»Weil du elektrisch bist, natürlich! Du fasst die Antenne an, es gibt einen Kurzschluss, und damit ist Mrs Stones und Dr. Wudus Fernsehsendung beendet.«

Zitterkarl tippte sich an die Stirn. »Toller Plan ... Ich flieg am besten gleich mal los!«

»Genau«, sagte Konrad.

Zitterkarl hob in Zeitlupe vom Boden ab.

»Bist du verrückt? Lass mich sofort runter!«

»Pscht, ich muss mich konzentrieren! Sonst ...«

»Sonst was? O Gott ...« Er begann hektisch mit den Armen zu wedeln, während er langsam immer höher stieg – wie ein Vogeljunges, das zum ersten Mal seine Flügel ausprobiert. »Ich hab doch Höhenangst!«

Konrad spürte, dass ihm der Schweiß übers Gesicht lief, als würde er eine 100-Kilo-Hantel stemmen. Zitterkarl war ziemlich dünn und wog bestimmt nicht viel, trotzdem wurde es mit jedem Höhenmeter schwerer, ihn zu halten. Hoffentlich ging die Sache nicht schief. Er schloss die Augen, um sich besser zu konzentrieren.

»Oooh, mir wird schlecht!«, jammerte Zitterkarl. Zum Glück klang seine Stimme schon ziemlich weit entfernt. Viel fehlte bestimmt nicht mehr ...

Konrads Knie wurden weich. Jede Faser seines Körpers tat ihm weh. Verdammt, fluchte er in Gedanken. Ich brauche mehr Weltwut. Ich muss an etwas denken, was meine Laune auf den Nullpunkt bringt!

Mrs Stone und ihre Pläne mit Gesine ... Dr. Wudu und seine falschen Versprechungen in dem goldenen Brief ...

»Haaaaaaaaaaalt!«

Er schlug die Augen auf und sah, dass Zitterkarl einen enormen Satz gemacht hatte und nun bereits einige Meter *über* der Kuppel schwebte! Seine rechte Gummihand deutete energisch abwärts.

Runter schien weniger anstrengend zu sein als rauf. Konrad setzte ihn sanft auf der Kuppel ab, und Zitterkarl klammerte sich zitternd und schlotternd vor Angst mit beiden Händen an der Antenne fest. Eine ganze Weile rührte er sich nicht. Irgendwann schien ihm endlich einzufallen, weshalb er eigentlich dort oben war. Er löste die linke Hand von der Antenne und zog mit den Zähnen den Gummihandschuh ab.

Dann griff er nach der Satellitenschüssel.

Ein greller Lichtbogen flammte auf. Es knallte, knisternde Funken regneten herab, und die himmelwärts gerichtete Satellitenschüssel sackte nach unten wie der Blütenkopf einer verdurstenden Blume.

Im Rampenlicht

Auf dem Fernsehbildschirm war zu sehen, wie das Mädchen vor Schmerzen mit den Fäusten auf den Tisch trommelte. An seiner Unterlippe klebte noch das Mikrofon, und der Tontechniker, der leider wenig einfühlsam war, riss wieder und wieder vergeblich daran.

»Das ist Tamara!«, rief Milli.

Arabella guckte zweimal hin und schüttelte den Kopf. »Nein, das kann nicht sein. Auf dem Fahndungsfoto sah sie doch ganz anders aus.«

»Doch, das ist sie! Mit weißer Schminke im Gesicht und einer Perücke auf dem Kopf. Ich weiß noch, dass sie damals genauso mit den Fäusten auf den Tisch gehauen hat, als mein Metalllineal an ihrer Nase klebte!«

Die Kamera schwenkte zu der blonden Moderatorin, die ein bisschen blass geworden war. Sie bemühte sich zu lächeln und entschuldigte sich für den kleinen Zwischenfall. Dann winkte sie einige der Kinder zu sich, die nacheinander erstaunliche Dinge vorführten:

Ein Mädchen konnte barfuß über Glasscherben laufen und dabei acht Ziegelsteine auf dem Kopf balancieren. Einer der Steine fiel herunter, was aber nichts machte, fand Milli, weil das ganze Glaszeug unten am Boden ja eh schon kaputt war.

Ein blonder Junge hatte einen Daumen, aus dem Flammen züngelten, wenn man ihn rieb. Sehr praktisch, wenn er mit seiner Pfadfindergruppe ins Zeltlager fuhr und sie ein Lagerfeuer anzünden wollten.

Ein Mädchen konnte so hohe Töne singen, dass nur Fledermäuse sie hörten. Was für Menschen leider so aussah, als ob sie nur den Mund aufmachte – ziemlich langweilig.

Ein Junge wusste die Hauptstädte von allen Ländern der Erde, wie viele Leute in diesen Städten wohnten, wie viele dieser Leute Kinder waren, wie viele Bäume dort wuchsen, wie viele Autos dort fuhren, wie viele Hunde und Katzen es dort gab und was in jeder dieser Städte ein Hamburger mit Käse kostete. Milli fragte sich, wie viel Wissen wohl in ein einziges Gehirn reinpasste.

Ganz zum Schluss wurde es fast dunkel, ein einzelner Scheinwerfer flammte auf, und ins Rampenlicht trat ein Mädchen mit schimmernden roten Ringellocken. Sie saßen so gerade und korrekt, als wären sie tausendmal gekämmt worden. Das Mädchen trug weder Baseballkappe noch T-Shirt, sondern ein bodenlanges weißes Kleid, das hinten ein wenig länger war als vorn, sodass es aussah wie ein großes weißes Segel. Langsam schritt die Gelockte in die Mitte der Bühne, kerzengerade und die Hände andächtig vor ihrer Brust gefaltet, während das Kleid hinter ihr herschleifte wie die Schleppe einer Königin.

Milli zuckte zusammen, als das Mädchen den Kopf hob. Es hatte ungewöhnliche Augen. Graublaue Augen, die merkwürdig

strahlten und durch alles hindurchzublicken schienen. Selbst durch den Bildschirm, bis in Arabellas Wohnzimmer hinein.

»Bitte!«, flehte das Mädchen und schaute gramerfüllt in die Kamera. *»Bitte helfen Sie uns! Wir werden verjagt und ausgelacht! Wir werden bespuckt und geschlagen, weil wir anders sind als andere Kinder! Unsere Eltern haben uns in Heime gesteckt und unter Brücken ausgesetzt! Ach, ooooooh!«*

Milli erschauerte, und Arabella begann hemmungslos zu schluchzen, als die Kamera in Großaufnahme zeigte, wie Sturzbäche von Tränen über die Wangen des unglücklichen Mädchens flossen. Schluchzend sank es zu Boden und rang verzweifelt die Hände.

»Helfen Sie uns! Wir wissen sonst nicht mehr, wie es weitergehen soll!« Das Mädchen schlug eine Hand vor seine Stirn. *»Lindern Sie unsere schreckliche Not mit einer kleinen Spende … Oder auch mit einer großen! Wir blenden gleich die Kontonummer ein.«*

Von irgendwo aus der Dunkelheit schoss ein pechschwarzer Schatten herbei, der nur für wenige Sekunden zu sehen war. Milli erkannte trotzdem sofort, was es war: ein Vogel mit einer schicken Fliegerbrille, der die roten Locken des Mädchens im Flug mit beiden Klauen packte und nach oben riss! Sie lösten sich, und zum Vorschein kamen die echten Haare der Leidenden, die nicht gelockt waren, sondern schnurgerade!

Das Mädchen schrie gellend auf. Dann fiel das Bild aus.

Knisterndes Rauschen tönte durch Arabellas Wohnzimmer, und auf dem Bildschirm tanzten kleine weiße und schwarze Punkte.

Die schwarze Wolke

Konrad wischte sich mit dem Arm über das schweißnasse Gesicht. Jemanden per Gedankenkraft fünfzehn Meter hoch zu heben war anstrengender gewesen, als er vermutet hatte, sogar mit Weltwut.

»Fertig!«, rief Zitterkarl zu ihm herab. »Du kannst mich wieder runterlassen!«

»Huch!« Konrad merkte, dass er plötzlich verdächtig gute Laune hatte.

»Was ist?«

»Äh ... Die Nadel.«

»Was ist damit?!«

»Sie ist weg. Ich muss sie verloren haben!«

»Und was heißt das?« Zitterkarl starrte mit angstgroßen Augen zu ihm herab.

»Ähm ... Dass du noch eine Weile oben bleiben musst.« Fantastisch, die Weltwut war wie weggeblasen! Konrad hätte Küsse verteilen und tanzen und springen können, so gut fühlte er sich!

Zitterkarl ging es offenbar weniger gut, denn er begann zu brüllen wie am Spieß. »Ruf sofort die Feuerwehr!«

»Schon gut, schon gut. Reg dich nicht auf ... Ich hole Hilfe, versprochen. Bleib, wo du bist!«

»Wo denn sonst, du Blödmann!«

Konrad rannte los, und im Laufen fiel ihm Mrs Stones schwarz-weiß gestreiftes Handy wieder ein, das in Gesines Künstlergarderobe lag. Eine gute Idee, nur leider völlig nutzlos, weil es mindestens ein Jahr dauern würde, um die Garderobe wiederzufinden.

Als er den Glaspalast betrat, war von Scholz und Scholz weit und breit nichts zu sehen. In der Empfangshalle lehnte neben den Toilettentüren ein kleiner City-Roller an der Milchglaswand. Konrad hätte ihn fast nicht beachtet, wenn ihm nicht der seltsame Lenker mit dem Display aufgefallen wäre. Er warf einen neugierigen Blick auf die drei leuchtenden Knöpfe unterhalb des Displays: Auf dem ersten stand JA, auf dem zweiten NEIN und auf dem dritten LOS!

Sehr interessant. Konrad liebte Displays und leuchtende Knöpfe!

»Nennen Sie bitte Ihr Fahrtziel!«, meldete sich eine wohlklingende elektronische Frauenstimme aus dem Nichts.

Er zuckte zusammen. Das war offenbar nicht das, was die nette Frauenstimme von ihm wollte, denn sie forderte beharrlich: *»Nennen Sie bitte JETZT Ihr Fahrtziel!«*

»Künst-ler-gar-derobe«, sagte er laut und deutlich.

Auf dem Display erschienen drei Ziele zur Auswahl: A999 Komma 9, BDJK-312 und THI-106.

Konrad meinte sich zu erinnern, dass es irgendetwas mit B gewesen war. Also wählte er den zweiten Vorschlag, drückte auf JA und dann auf LOS.

Der Roller machte einen Hüpfer und fuhr an! Offenbar

ein Elektroroller! Mit Navigationsgerät. Genial. Konrad bekam gerade noch den Lenker zu fassen und sprang auf.

»An der nächsten Tür rechts abbiegen, JETZT rechts abbiegen!«, verkündete die nette Frauenstimme.

Hinter sich hörte er ein Geräusch, und als er den Kopf drehte, erkannte er gerade noch Dr. Wudu, der in diesem Moment aus der Herrentoilette kam und verdutzt auf die leere Stelle starrte, wo eigentlich der Roller hätte stehen sollen.

Konrad bog schnell rechts ab.

Das Ding fuhr ganz schön flott! Sogar ein bisschen Fahrtwind war zu spüren. Konrad merkte, wie wunderbar es ihm ohne Weltwut ging. Und wie wunderbar es war, auf diesem Roller zu stehen, der ihn genau dorthin brachte, wo er hinwollte. Ach, herrlich!

Einen kurzen Moment durchzuckte ihn ein schlechtes Gewissen, weil er so gute Laune hatte, während Zitterkarl dort oben auf der Kuppel saß wie King Kong auf dem Empire State Building. Musste er nicht ein bisschen ernster bei der Sache sein? Musste er sich nicht ein bisschen mehr Sorgen machen und Angst haben, dass Zitterkarl etwas passierte?

Nö, dachte Konrad, und gab Vollgas.

Wozu auch? Schließlich hatte Zitterkarl nichts davon, wenn er sich sorgte. Aber mit diesem schicken Roller schnell Hilfe zu holen, das nutzte etwas!

»An der nächsten Kreuzung links abbiegen, JETZT links abbiegen!«

Im nächsten Gang kamen ihm drei Männer auf Elektrorollern entgegen, wahrscheinlich vom Fernsehteam. Zum Glück beachteten sie ihn überhaupt nicht und sausten wortlos an ihm vorbei.

Der Roller bremste so unerwartet, dass Konrad fast herunterfiel.

»BDJK-312. Sie haben Ihr Fahrtziel erreicht!«, verabschiedete sich die elektronische Reiseleiterin.

Gott sei Dank war die Tür zur Künstlergarderobe nicht verschlossen! Er riss sie auf und rannte zum Schminktisch, wo immer noch Gesines Tasche stand.

»Konrad«, sagte eine leise Stimme. »Wo bist du gewesen?«

Er fuhr herum und sah Tamara, die mit leichenblassem Gesicht auf einer Liege ruhte. An ihrer Lippe klebte ein blutdurchtränktes Pflaster.

»Hilfe, du siehst ja aus wie ein Vampir!«

Tamara lächelte. »Ist bloß Schminke«, sagte sie. »Aber das Pflaster ist echt. Ich bin an einem Mikrofon hängen geblieben. Und dann wurde mir ein bisschen schlecht, weil es so doll geblutet hat ... Aber es geht schon wieder.« Sie setzte sich auf. »Diese Gesine ist echt ein Miststück. Ich musste sie von vorn bis hinten bedienen und ihre bescheuerte Lockenperücke mindestens tausendmal kämmen! Ich wollte das gar nicht, aber ich hab's trotzdem gemacht, ich dumme Kuh!«

»Man darf ihr auf keinen Fall in die Augen sehen«, erklärte Konrad und holte rasch das Zebrahandy aus Gesines Rucksack.

Unter der Notrufnummer meldete sich eine hastige Männerstimme, die ihm mitteilte, dass irgendjemand vom Fernsehen bereits angerufen habe, um schnell einen Hubschrauber anzufordern. Für einen traurigen Jungen, der auf einer Glaskuppel saß.

»Oh«, sagte Konrad enttäuscht. »Könnten Sie den Piloten nicht anrufen und ihn bitten, dem traurigen Jungen auszurichten, dass *ich* den Hubschrauber bestellt habe?«

Aber der hastige Notrufmann hatte bereits aufgelegt.

»Was denn für ein trauriger Junge?«, fragte Tamara.

Ehe Konrad alles erklären konnte, öffnete sich die Tür, und herein stolzierte Gesine.

»Du hast die Perücke nicht gut genug festgesteckt!«, blaffte sie Tamara an. »Wegen dir hat dieser grässliche Vogel es geschafft, sie mir vom Kopf zu reißen!«

»Aber ich ...«, begann Tamara.

»Was machst du überhaupt in *meiner* Garderobe?«

»Fräulein Lara hat mich hergebracht, weil es die einzige Garderobe mit einer Liege ist ...«

Konrad, der hinter die offen stehende Tür gesprungen war, hörte, wie Tamara lang und breit von ihrer Lippe zu berichten begann. Und während er noch überlegte, was er tun sollte, fiel sein Blick auf den seidenen Morgenmantel, der an der Rückseite der Tür hing. Zweifellos der scheußlichste Morgenmantel, den er je gesehen hatte: rosarot und bedruckt mit niedlichen verliebten Ponys, die sich küssten.

»Jaja, deine aaarme Lippe«, sagte Gesine gerade. »Du darfst mir jetzt meinen Morgenmantel holen! Na los, mach schon! Er hängt an der Tür.«

Tamara trottete gehorsam hinter die Tür, und Gesine stellte sich stolz erhobenen Hauptes in Positur und streckte beide

Arme nach hinten, um in die Ärmel ihres Ponymantels zu schlüpfen! Es war nicht zu fassen! Konrad jubelte innerlich. Manche Probleme lösten sich von ganz allein.

Rasch zog er den langen Gürtel des Morgenmantels aus den Schlaufen, sprang von hinten auf Gesine zu und wickelte ihn wie der Blitz um ihre Handgelenke. Und als sie ihren Mund öffnete, um einen überraschten Schrei auszustoßen, steckte Tamara ihr schnell einen Make-up-Schwamm hinein, an dem noch eine ganze Menge Puder klebte. Gesine musste husten und spuckte den Schwamm wieder aus.

Aber im nächsten Moment brüllte Tamara: »Da hast du deinen Morgenmantel!«, und warf ihr den Mantel von hinten über den Kopf. Konrad stopfte ihr einfach ein Stück von dem rosaroten Seidenstoff mit zwei küssenden Ponys darauf in den Mund. Tamara hatte die Schere vom Tisch geholt und schnitt ein Stück vom Gürtel ab, mit dem Konrad Gesine zur Sicherheit den Mund zuband. Außerdem schnitt Tamara netterweise noch ein Loch zum Luftholen in den Stoff über der Nase. Und weil Gesine immer noch mit den Beinen zappelte und zu treten versuchte, rollten sie sie sicherheitshalber in den kleinen Teppich ein, der vor dem Schminktisch lag, und zogen die dicke Gesine-Roulade schließlich in die Kostümkammer.

Genau in dem Moment, als sie den eingerollten Teppich vor dem Regal mit den Monsterköpfen ablegten, stürmte Mrs Stone in die Garderobe. Sie war außer sich vor Wut.

»Du hast zerstörrt meine Show!«, brüllte sie. »Was fällt dick ein, die Perücke abzunehmen? Du bist gefeuörrt!«

Erst jetzt schien sie zu merken, dass Gesine gar nicht da war. Konrad und Tamara, die sich hinter einen der Kostümständer geduckt hatten, sahen, wie Mrs Stone kurz in die Kammer hineinlugte und die Tür zuknallte. Kurz darauf war das elektronische Piepsen der Handytastatur zu hören und Mrs Stones kreischende Stimme, die ein Taxi bestellte, das sie zum nächsten Flughafen bringen sollte. Dann rauschte sie wieder hinaus.

»Die will sich aus dem Staub machen!«, zischte Tamara. »Untertauchen, im Ausland.«

Konrad blickte sie verdutzt an. Tamara klang wie eine Tatortkommissarin! Auf die Idee mit dem Ausland wäre er im Leben nicht gekommen.

»Los, komm!« Sie zog ihn am Arm hinter sich her, und die beiden warfen einen vorsichtigen Blick aus der Garderobentür.

Mrs Stone hatte sich Konrads Roller geschnappt und sauste den Korridor entlang, wobei ihr langer schwarz-weiß gestreifter Poncho hinter ihr herflatterte wie der Umhang eines Superhelden.

»Mist!«, knurrte Konrad, als sie links abbog.

Sie rannten bis zur nächsten Kreuzung, bogen in den Quergang ein und sahen, dass vor der Tür des übernächsten Raums ein zweiter Roller parkte! Vorn am Lenker steckte neben dem Navigationsgerät eine schicke Sonnenbrille, die ihnen irgendwie bekannt vorkam.

Konrad schob sich die Sonnenbrille auf die Nase, er und Tamara sprangen auf den Roller, und schon brausten sie los!

»HEEE!«, ertönte hinter ihnen plötzlich Fräulein Laras Stimme, der Rest war nicht mehr zu verstehen.

Das Ding war schneller als Dr. Wudus Flitzer, obwohl sie zu zweit fuhren! Konrad gab Vollgas und spürte, wie Tamaras Hände sich an seine Schultern klammerten.

An Fräulein Laras Roller klemmte eine kleine Hupe, die allerdings wie ein Quietscheentchen klang, als Konrad sie ausprobierte.

Sie holten langsam auf!

Mrs Stone warf einen Blick über ihre Schulter und verzog erschrocken den Mund, als sie merkte, dass sie verfolgt wurde.

Aaah, dachte Konrad. Ich bin ein cooler Agent mit einer coolen Sonnenbrille. Ich fahre einen coolen Flitzer, und mit mir fährt ein Mädchen, das sich an mir festhält! Und ich jage den gemeinen Bösewicht, der Angst vor mir hat (und außerdem zufällig meine Oma ist) ...

Mrs Stone bog mantelflatternd links ab.

Zittert, Halunken, Gauner und Bösewichte!, dachte Konrad. Hier kommt 008, der coolste Verbrecherjäger aller Zeiten ...

»An der nächsten Kreuzung rechts abbiegen, JETZT rechts abbiegen!«, meldete sich der elektronische Navigator an Fräulein Laras Lenker.

Konrad versuchte sich nach links in die Kurve zu legen, aber der Lenker machte einfach, was er wollte, und schwenkte nach rechts!

»Verdammt!« Der Roller schlingerte, Konrad verlor die Kontrolle, und sie prallten gegen die Wand.

»Na toll«, sagte Tamara, als sie sich einigermaßen von dem Schreck erholt hatten. »Jetzt fahre ich!«

»Ich kann nichts dafür!«, verteidigte sich Konrad. »Das Navigationsgerät ...«

»Dann schalt es ab!«

»Wie denn? Wo denn?«

Ihre magnetischen Hände strichen ein paarmal kräftig über das Gerät.

»Jetzt abbiegen. Jetzt. Jetzt. Jetzt. Jetzt. Jetzt. Je…« Die elektronische Frauenstimme verstummte, und auf dem Display erschienen endlose Reihen kleiner Fragezeichen.

Tamara sprang auf den Roller und wendete. Und als sie Vollgas gab, blieb Konrad nichts anderes übrig, als schnell hinter sie zu springen und sich an ihr festzuhalten.

008 als Beifahrer!, dachte er ärgerlich.

Glücklicherweise führte der Gang direkt zur Empfangshalle. Tamara sauste in halsbrecherischem Tempo zwischen den zwei Buchsbäumen zum Glastor hinaus und auf den langen Steg, der zum Strand führte.

Die See war stürmischer geworden. Hohe Wellen spritzten von beiden Seiten ihre Gischt über die Holzplanken, und mitten im Getöse des wirbelnden Wassers stand Mrs Stone kerzengerade auf ihrem Roller und schwebte majestätisch Richtung Land. Fast sah es aus, als liefe sie übers Meer, und hinter ihr wehte ihr Mantel wie eine seltsam gemusterte Fahne im Wind.

Konrad sah, dass dort drüben bereits ein Taxi wartete. Sie konnten Mrs Stone unmöglich noch einholen, dafür hatte sie inzwischen zu viel Vorsprung. Tamara gab Vollgas, aber an manchen Stellen war der Steg rutschig, und sie musste immer wieder abbremsen, wenn der Elektroroller ins Schlittern geriet und nach rechts oder links auszubrechen drohte.

Ein unangenehmer Sprühregen setzte ein.

»Schau mal, da oben!«, brüllte Tamara in das Brausen der Brandung und hob das Kinn.

Konrad sah eine schwarze Wolke am Himmel, die sich

rasch näherte. Ungewöhnlich rasch. Eine Wolke, die im Herannahen seltsamerweise immer weiter nach unten sank. Tiefer und tiefer, bis schließlich erkennbar wurde, dass es gar keine Wolke war, sondern ein Vogelschwarm.

Ein Schwarm schwarzer Vögel, die raketenschnell durch die Luft sausten und sich dabei von Zeit zu Zeit in der Luft überschlugen ... Ihr Flugstil war eindeutig telepathisch!

Mrs Stone, die bereits auf das Taxi zuschritt, blieb plötzlich stehen, blickte mit offenem Mund gen Himmel und erstarrte. Wie ein regloses Reh auf einer Waldstraße, gebannt vom grellen Scheinwerferlicht.

Die schwarzen Vögel flogen direkt auf sie zu!

Genau in dem Moment, als Tamara und Konrad das Ufer erreichten, stieß Mrs Stone einen schrillen Schrei aus, und der Schwarm prasselte auf sie herab. Es waren Krähen, die flatternd und krächzend überall an ihrem Körper kleben blieben und ihn einhüllten, wie in einen lebenden Umhang aus schwarzen Federn.

»Nehmt diese Vogeln von mick weg!«, kreischte Mrs Stone in panischer Angst. »Nehmt sie weg! WEG!«

Der Taxifahrer warf fluchend seine halb gerauchte Zigarette in den Sand und begann Vögel zu pflücken.

Drüben auf der gepflasterten Strandpromenade, wo schon das Taxi stand, hielten mit Blaulicht und quietschenden Reifen zwei Einsatzwagen der Polizei, gefolgt von einem weißen Kleinbus, auf dem in großen Lettern TV SOFORT zu lesen war. Konrad sah, wie vier Polizeibeamte im Laufschritt über den Sand joggten, achtlos an der jammernden Mrs Stone

vorbeiliefen und den Steg betraten. Drei weitere sprangen herbei und halfen dem Taxifahrer, die Krähen zu packen und in den Himmel zu werfen, wo sie einen Moment lang benommen umhersegelten und dann eilig davonflogen.

Der Letzte, der aus einem der Polizeiwagen stieg, war ein lässiger Herr mit braunem Mantel und braunem Hut, der ohne Eile über den Sand zu ihnen herüberstapfte. Alle paar Meter drehte er sich mit finsterer Miene um und versuchte die beiden Männer aus dem Fernsehbus, die ihn verfolgten, mit einem Handwedeln zu verscheuchen.

»Weg da!«, brüllte er.

Mrs Stone kam unter ihrem Federkleid langsam wieder zum Vorschein und begann sich zu beruhigen.

»O my god!«, keuchte sie, als einer der Polizisten die letzte Krähe packte und sie freiließ. »Ick hasse schwarzen Vogeln!«

Von irgendwoher segelte Krax herbei und landete mit einem heiseren Krächzen auf Konrads rechter Schulter.

Konrad nahm die Sonnenbrille ab.

»Du schon wieder!«, schrie Mrs Stone. »Was hast du hier zu suken?«

»Dein Dr. Wudu hat mich herbestellt.«

»Diesörr verflukte ...!«

»Mrs Stone, Waller ist mein Name«, stellte der Lässige sich vor. Er zückte seinen Dienstausweis. »Von der Kripo ... WEG DA!« Er wedelte nach hinten, wo die beiden Fernsehmänner gerade ihre tragbaren Kameras einschalteten und auf Mrs Stone richteten.

»Mrs Stone, Sie und Dr. Wudu werden verdächtigt, eine

ganze Anzahl Kinder entführt zu haben und sie hier gegen ihren Willen festzuhalten. Wir wurden von zwei Müttern verständigt, die sich sicher waren, ihre beiden seit Tagen vermissten Töchter im Fernsehen erkannt zu haben ...«

»Das ist dock absolute Unsinn!«, rief Mrs Stone. »Diesen armen lieben Kindörrn sind freiwillig hier. Außörrdem hab ick nickt die Geringste damit zu tun. Fragen Sie Dr. Wudu!«

»Weg da, Ihr Schmeißfliegen!« Kommissar Waller wedelte die Fernsehleute auf Abstand und sprach kurz in ein Funkgerät. »Tja, einer meiner Kollegen hat im Glaspalast soeben ein gefesseltes und geknebeltes Mädchen gefunden!«

Mrs Stone erbleichte.

Das Funkgerät piepte und knirschte zum zweiten Mal.

»Ja, gut, klar. Bringen Sie die Kinder her, over«, sagte Kommissar Waller. »Und wir haben elf weitere verängstigte Kinder gefunden, die nach Hause möchten!«

»Ja abörr ...«

»Sekunde«, unterbrach sie der Kommissar, denn das Funkgerät meldete sich schon wieder. »Wie bitte? Was soll das heißen, Sie finden den Ausgang nicht? Sie machen wohl Witze?« Kommissar Waller lauschte. »Ach, ein Junge sagt, er kennt den Weg? Dann folgen Sie ihm am besten! Over! Idiot.« Er steckte das Funkgerät zurück in seine Manteltasche.

Wenig später traf einer der Polizeibeamten mit Gesine am Strand ein.

»Freiwillig! Sie hat freiwillig mitgemackt!«, heulte Mrs Stone.

»Deine Mutter sagte uns, du würdest niemals freiwillig in

einer solchen Fernsehsendung auftreten«, wandte der Kommissar sich an Gesine.

»Ich würde niemals freiwillig in einer solchen Fernsehsendung auftreten«, sagte Gesine mit glitzernden Tränen in den Augen. »Diese Frau da hat mich gezwungen!«

Mrs Stone schnappte empört nach Luft, als zwei der Polizisten sie an den Schultern packten. »Du kleine undankbare widörrlicke Biest!«, keifte sie. »Glauben Sie ihr nickt, Inspector! Sie lugt! Sie wörrden dieses vörrdammte Mädschen doch nickt örrnsthaft glauben! Sie hat mick ...« Der Rest des Satzes ging im ohrenbetäubenden Geknatter des Rettungshubschraubers unter, der hoch über ihren Köpfen aufs Meer hinausschwebte.

Konrad drehte sich um und schaute zum Glaspalast. Gerade traten die anderen Kinder in Begleitung eines Beamten aus dem Tor, gefolgt von zwei weiteren Polizisten, die Dr. Wudu abführten. Es stürmte immer noch. Der Regen war inzwischen heftiger geworden. Graublaue Wellen umtosten den Palast, und auf der leuchtenden Kuppel saß eine kleine, magere Schattengestalt, die verzweifelt in den Himmel winkte.

Abflug und Ankunft

Die Nacht verbrachten die Kinder bei drei netten alten Damen, die unweit der Küste in drei windschiefen Häusern lebten und ihnen Fischsuppe, Labskaus und Kamillentee kochten. Dort holte Kommissar Waller sie am nächsten Morgen mit zwei großen Einsatzwagen ab und ließ sie nach Hause bringen.

Arabella schloss Konrad in ihre Arme und drückte ihn an sich, als wollte sie ihn nie wieder loslassen. Und Milli begrüßte ihn wie immer mit drei Küssen. Oder *fast* wie immer, denn beim dritten Kuss berührten sich ihre Lippen – immerhin eine halbe Sekunde lang!

»Ach, Konrad!«, schniefte Arabella zwischen zwei Mal Naseputzen, und in diesem Augenblick spürte er, dass sie ihn über alles liebte, ganz gleich, ob er nun ein Telekinesekünstler war oder nicht.

Während der Heimfahrt im Streifenwagen hatte er lange versucht, seinen Rucksack per Gedankenkraft ein wenig anzuheben, doch es hatte nicht geklappt. Keinen winzigen Millimeter hatte der Rucksack sich bewegt! Die Weltwut war vollkommen verschwunden, und sosehr sich Konrad auch bemühte, das Kribbeln hinter seinen Ohren kehrte nicht zurück. Aber dafür hatte er fantastische Laune!

»Hallo, du Kwork!«, begrüßte er Ivo, der grinsend auf der

kleinen Treppe vor Arabellas Laden saß. »Weißt du endlich, was du werden willst?«

Ivo nickte. »Vogeltrainer«, sagte er und kraulte Krax, der sofort auf seiner Schulter gelandet war, die Nackenfedern.

»Vogeltrainer?«

»Ja, ich möchte gern mit Adlern und Falken arbeiten ...«

»KRAH!«

»... und natürlich auch mit Raben, klar!«, lachte er.

Als sie kurz darauf alle zusammen am Küchentisch saßen, erzählte Konrad, was nach der Bildstörung der magischen Show geschehen war und wie ein seltsamer Krähenschwarm Mrs Stone an der Flucht gehindert hatte ...

»Das war *meiner*!«, rief Ivo stolz. Er war mit seinem Fläschchen *Columba telepathica* schnell nach Hause gefahren und hatte im ersten Stock bei Oma Jaletzke geklingelt, die ihn sehr mochte. Sie war sofort einverstanden gewesen, ihm zu helfen, und die beiden hatten eine ganze Menge Brot zerbröselt und es in den Trank getunkt.

»Der Rest war einfach«, fuhr Ivo fort. »Oma Jaletzke hat sich in den Sandkasten gestellt, und weil die Krähen sie schon kennen, kamen sie gleich angeflogen. Sie waren ganz zutraulich und sind sogar auf meinem Kopf gelandet! Wir haben sie mit dem telepathischen Brot gefüttert, und dann habe ich den ganzen Schwarm an Mrs Stone geschickt.«

Arabella schüttelte verblüfft den Kopf. »Ich begreife nur nicht, warum sie nicht eingeschlafen sind. Normalerweise macht der Trank doch furchtbar müde ...«

Ivo lachte. »Nicht, wenn man ihn mit Espresso mixt«,

erklärte er. »Oma Jaletzke kocht nämlich den stärksten Espresso, den meine Mutter je getrunken hat! Das letzte Mal konnte sie hinterher drei Tage lang nicht schlafen ...«

»Unglaublich!«, rief Arabella begeistert. »Das muss ich mir merken.«

Sie redeten gerade über Dr. Wudu, als die Türglocke plötzlich so ungeduldig zu bimmeln begann, dass Arabella stöhnte: »Ach du meine Güte, das sind sicher Monalisa mit irgendeinem Notfall! Mona mit einem Mückenstich oder Lisa mit ihrem zuckenden Auge.«

Aber als sie die Tür öffneten, standen Tamara und Zitterkarl vor ihnen. Tamara hatte sich ziemlich verändert: Ihre Haare sahen aus wie gezackte Blitze und standen nach allen Seiten ab, genau wie bei Zitterkarl! Und sie trug sogar die gleichen hauchdünnen Gummihandschuhe wie er.

»Was ist denn mit dir passiert?«, fragte Konrad verdutzt.

»Zwischen Zitterkarl und mir hat es gefunkt!«, erklärte Tamara. »Auf der Heimfahrt saßen wir ein bisschen zu dicht nebeneinander. Und plötzlich flog ein Funken aus seinem Ohr, direkt auf meine Nase! Es fühlte sich an, als hätte mich der Blitz getroffen! Mein Herz blieb stehen, aber nur ganz kurz. Und dann flogen überall Funken durch das Auto, und es hat total geknallt und gezischt! Polizeimeister Bender hat vor Schreck seine Pistole gezogen, und der Fahrer machte eine Vollbremsung, Wahnsinn! Und nun bin ich magnetisch *und* elektrisch, irre, was? Guckt mal!«

Tamara und Zitterkarl zogen ihre Handschuhe aus, spreizten alle fünf Finger und streckten sich ihre Hände entgegen.

Und noch ehe sie sich berührten, schossen fünf Blitze aus ihren Fingerkuppen, die sich in der Mitte trafen und zischend miteinander verschmolzen.

»Wow!«, sagte Ivo.

»Und ich bin elektrisch und dazu auch noch magnetisch, guckt mal!«, sagte Zitterkarl. Er holte ein kleines Handy aus seiner Hosentasche und klebte es sich auf die Stirn.

»NICHT!«, warnte Tamara.

Ein Netz aus kleinen Blitzen, die aus seiner Stirn hervorzuckten, hüllte das Handy ein, bis es zu qualmen begann.

»Oh, Mist. Na ja, egal«, sagte Zitterkarl. »Es war eh ein bisschen kaputt, weil ich es schon mal ohne Handschuhe angefasst habe.«

Tamara erzählte, dass ihre Eltern Zitterkarl gerne adoptieren wollten. Dr. Wudu würde sicherlich das Sorgerecht für ihn verlieren, weil er die Kinder mit seinen goldenen Briefen zum Glaspalast gelockt hatte. Vielleicht würde er sogar ins Gefängnis kommen.

Tamaras Eltern waren sofort bereit gewesen, Zitterkarl zu sich zu nehmen. Und als Tamara ihnen erzählte, dass Zitterkarl aber elektrisch sei, sagten sie, das spiele doch keine Rolle – wenn sie schon ein magnetisches Kind hätten, könnten sie gleich auch noch ein elektrisches haben ...

»Und nun haben sie zwei *elektromagnetische*!«, sagte Tamara. »Ist das nicht super? Ich dachte die ganze Zeit, sie wollen ein normales Kind adoptieren, weil sie mich anstrengend finden. Aber das stimmt gar nicht: Mein Papa hat gesagt, meine Kleberei wär gar nicht so schlimm – außer wenn er gerade sein Auto gewaschen hat und ich gleich danach an der frisch polierten Tür klebe. Und meine Mutter meint, ein elektrisches Kind ist doch ein Segen, bei den Strompreisen heutzutage!«

Zitterkarl strahlte übers ganze Gesicht und schickte Tamara einen kleinen verliebten Blitz, der sie an der Nase kitzelte, sodass sie niesen musste.

»Danke, dass du den Hubschrauber so schnell geholt hast!«, sagte er zu Konrad, als sie sich verabschiedeten.

»Oh, äh, tja, ich ...« Konrad schaute verlegen zur Seite.

Die beiden winkten noch mal und schwangen sich auf ihre neuen Spezial-Elektroräder mit Fingerstrom-Antrieb. Dann jagten sie Funken sprühend die Straße hinunter.

In den Abendnachrichten kam die Meldung, dass Mrs Stone bis auf Weiteres wieder auf freiem Fuß sei.

»Olivia Stone, die Gründerin des Vereins Hilfe für magische Kinder, *konnte bis jetzt glaubhaft versichern, von den goldenen Briefen des Wunderheilers nichts gewusst zu haben«*, sagte die Fernsehreporterin in die Kamera. *»Sie dachte, die Eltern wären darüber informiert, wo ihre Kinder sich aufhielten. Außerdem behauptet sie, Dr. Wudu kaum zu kennen ... Du armes Mädchen! Ja du, mit dem hübschen Ponyrucksack! Eine Sekunde bitte! Wie ist es, wieder zu Hause zu sein, bei deiner lieben Mama?«*

Auf dem Bildschirm war zu sehen, wie die Reporterin Gesine, die von ihrer weinenden Mutter umarmt wurde, das Mikrofon hinhielt.

»Na ja ... Geht so«, sagte Gesine. *»Aber wir ziehen demnächst nach Mallorca, das wird toll! In mein eigenes Haus. Mit zehn Zimmern und einem Swimmingpool!«*

Konrad fand, dass dies die beste Nachricht der besten Nachrichtensendung war, die er je gesehen hatte.

Als er und Milli an diesem Abend oben in der kleinen Dachkammer lagen, nahm Konrad seinen ganzen Mut zusammen und erzählte ihr, dass er seine magischen Fähigkeiten offenbar immer dann verlor, wenn er glücklich war. Und wie er die Kristallkugel nachts im Schrank versteckt hatte, weil er Angst gehabt hatte, sich zu blamieren.

»Und wenn wir eine neue Kugel besorgen würden?«, fragte Milli. »Meinst du, dass du dann was sehen würdest?«

»Nee, absolut nichts«, seufzte Konrad. »Weil ich nämlich total froh bin, wieder hier zu sein!«

»Ich bin auch froh, dass du wieder da bist«, sagte sie in die Dunkelheit hinein. »Und außerdem macht das mit der Kristallkugel nichts, weil heute früh nämlich zwei telepathische Tauben zurückgekommen sind. Also kann ich Yasir ja eine schicken. Die kommt bestimmt an!« Krax kam von seiner Schlafschaukel heruntergeflattert und kuschelte sich in Konrads Arm, und als Konrad seine Augen schloss, merkte er, wie gut es war, Dr. Wudus Nadel und die Weltwut endlich los zu sein.

Ist doch viel schöner, gute Laune zu haben als magische Kräfte, dachte er.

Es machte nichts, wenn sein Schulranzen ihm nicht mehr hinterherflog. Dafür hatte er den nettesten Rabenfreund der Welt, der jederzeit bis ans Ende der Welt fliegen würde, um ihm beizustehen ...

Am Montagmorgen schrieb Milli gleich nach dem Frühstück ihre Taubenbotschaft:

Lieber unbekannter Papa Yasir,

kritzelte sie auf Arabisch,

wenn Du diesen Brief bekommst, wunderst Du Dich bestimmt. Ich bin nämlich Deine Tochter Milli. Melde Dich bitte, ich möchte Dich gern kennenlernen. Und ich möchte gern mal in die Wüste fahren und auf Kamelen reiten. Kamele finde ich schön, besonders die Augen.
Viele Grüße von Milli

Vera Minz kam aus ihrem Laden, um beim Abflug der Taube zuzusehen. Sie trug ein grün-weiß-rot gestreiftes Sommerkleid, das wie die italienische Flagge aussah. Zurzeit fand bei ihr die *Italienische Woche* statt, und das Schaufenster schmückte eine Kanallandschaft mit kleinen venezianischen Keksgondeln, in denen singende Gondelfahrer aus Schokolade standen.

»An Yasir, an Yasir, an Yasir!«, murmelte Milli dreimal vor sich hin, dann warf sie die Taube in die Luft. Der Vogel schoss in die Höhe und nahm trudelnd Kurs auf den Horizont. Und während Arabella, Milli und Konrad schützend die Hände über die Augen hielten, um die Taube in der gleißend hellen Morgensonne besser verfolgen zu können, stieß Vera plötzlich einen Schrei aus und deutete die Straße hinunter.

Ganz weit hinten war eine kleine Gestalt zu erkennen, die kräftig ausschritt und sich rasch näherte. Eine Gestalt mit Rucksack und Dreitagebart ...

»RENAAALDOOO!«, rief Vera und schleuderte ihre Bommelschuhe von sich.

Konrad kniff die Augen zusammen.

Tatsächlich, dort kam Renaldo von seiner großen Reise zurück, braun gebrannt und lachend, als er Vera erkannte, die ihm als lebende Italienflagge barfuß entgegenrannte.

Offenbar hatte er ihre telepathische Taubenpost tatsächlich erhalten, irgendwo unterwegs, in irgendeinem Land der Welt.

Wie fantastisch diese Tauben sind, dachte Konrad. Sie bringen Menschen zusammen, die sich sehr weit voneinander entfernt haben.

Hoffentlich klappte es mit dem Brief an Millis Vater auch so gut.

Und während Renaldo immer näher kam, beobachtete Konrad, wie Millis telepathische Taube ihre weite Reise antrat, wahrscheinlich nach Syrien. Wie sie kleiner und kleiner wurde, irgendwann einen Schlenker nach rechts machte und schließlich als winzig schwarzer Punkt im Himmelblau verschwand ...

Vera Minz
HIM

Danken möchte ich …

… Michael Turnbull fürs Mitfiebern und Ermutigen (und natürlich für den Periskop-Taubenhals),

… meiner Lektorin Eva Jaeschke, die mich immer in meiner Konradomanie bestärkt hat, tolle Anregungen beisteuerte und stets den roten Faden im Auge behält,

… meinen Verlegerinnen Sascha Simon und Mascha Schwarz für ihre besondere Art, Bücher zu machen, und für ihr Vertrauen

… und vor allem Regina Kehn, deren schöner, geheimnisvoller Umschlag zum ersten Band mich so inspirierte, dass mir aus heiterem Himmel eine zweite geheimnisvolle Geschichte einfiel.

Salah Naoura, geboren 1964 in Berlin, studierte Germanistik und Skandinavistik in Berlin und Stockholm. Er arbeitet seit 1995 als freier Übersetzer und Autor und hat Bilderbücher und Erstlesebücher veröffentlicht. Seine Übersetzungen wurden mehrfach ausgezeichnet.

Von Salah Naoura ist im Tulipan Verlag bereits der Roman *Konrad, Krax und das Zeichen der Zebrafrösche* erschienen.

Regina Kehn, geboren 1962, studierte Illustration an der Hochschule für Gestaltung in Hamburg. Seit 1988 arbeitet sie als freie Illustratorin für Zeitschriften und Kinderbuchverlage. Sie lebt mit ihrem Mann und ihren beiden Töchtern in Hamburg.

»Eine herrlich turbulente und originelle Geschichte.«
Frankfurter Allgemeine Zeitung

Salah Naoura
Konrad, Krax und das Zeichen der Zebrafrösche
Mit Bildern von Regina Kehn
ISBN 978-3-939944-09-6

Konrad hat's nicht leicht: Seine Ziehmutter Arabella, ihre Zebrafrösche und ihr tollpatschiger Rabe Krax bringen ihn immer wieder an den Rand der Verzweiflung. Aber damit nicht genug: Auch am Arkana-Zentrum, wo Konrad seine magischen Fähigkeiten entwickeln soll, geht es nicht mit rechten Dingen zu. Die Schulleiterin Mrs Stone scheint ein düsteres Geheimnis zu verbergen …

1. Auflage 2008
Text: Salah Naoura
Lektorat: Eva Jaeschke
Bilder: Regina Kehn
Umschlaggestaltung: Anette Beckmann
Satz: Ilka Linz
Druck: Grafisches Centrum Cuno GmbH & Co. KG, Calbe
ISBN 978-3-939944-15-7
www.tulipan-verlag.de